おぼえています、あのいくさ

語ろう、戦争の記憶を

浅香須磨子 編著

はじめに

さきの戦に日本が破れて75年が経過しようとしています。

昭和16年12月8日に真珠湾攻撃で始まり、昭和20年8月15日に敗戦となった、3年8ヶ月余の大東亜戦争の頃に、赤ん坊だった人が75歳を迎えているのです。

大東亜戦争の勃発に対しては何の発言権もなく、戦に対して何ら責任を問われる存在では無かったにも関わらず、戦の惨禍だけはしっかりと全身に浴びた世代が高齢になって話したり書いたりすること自体が困難になりつつあります。

戦のさなか、そのころ子どもであった人たちが何を思い、どのように生を紡いだのかを語らねばならないと考えました。

戦後四分の三世紀、今や祖父母となった当時の子どもたちの苦難の歴史、泥まみれ、血まみれとなり、空きっ腹を抱え、虐《いじ》められた、その事実が、孫世代に語り継がれることなく風化していこうとしています。

現代の孫世代に戦争をゲーム感覚で伝えることはいたしたくありません。

果てしなき先進技術による兵器開発争い、軍拡競争のいきつく先は、スイッチ一つで地球が吹っ飛ぶような戦争になるのだから、昔のアナログな戦争の話を聞いたって……という若い人たちの反応も多いと思います。

世界の大国は先進兵器開発競争に明け暮れており、その後に積み残された未使用のままの中古兵器の山が築かれています。それらにそれなりの武器としての経済効果を与えようと、世界中で小規模の国境紛争・民族紛争・宗教対立・果ては麻薬戦争まで、紛争の火種は絶えることなく続いています。火種の数が増え、規模が大きくなればなるほど経済効果は大きくなり、それがまた次の新たな武器開発へと発展していくのでしょう。

中古兵器の消費の為の戦争が地球上で続いている限り、その戦火の下を這い擦りながら逃げ惑っている子どもたちが、今日もどこかで何人も命を奪われていることでありましょう。

子どもたちに何の責任もありません。でもいつも一番酷いツケを払わされるのは、どんな時代のどんな戦争であろうと、決まって子どもたちです。

使用する武器のいかんを問わず、戦争を始める時の口実のいかんを問わず、現代の孫世代に子どもの受ける戦争の痛みと残酷さを受け継いでもらいたいと思っています。

そのために、この本は編纂されました。

75歳を過ぎた高齢の方たちが、何とか自分の記憶を次世代に伝えようとして書いてくださった文章です。できる限り言葉使いや文字使いも原文を生かすように努力しました。

今までの人生で、たくさんの文章を書いてきた方も、生まれて初めて書いた方も、孫世代に語り継ぎたい想いは同じです。

書いてくださった皆さんは、私の40年弱続けてきた診療所に関わりのあった方、患者さん、同級生たちで、私の呼びかけに自発的に応じてくださった方々です。

どうぞ、私たち高齢者の戦争の記憶を最後までお読みくださいますようにお願いいたします。

浅香　須磨子

もくじ

4歳

5歳

6歳

7歳

8歳

9歳

20歳

豊原市（ユジノサハリンスク）
富良野町
北見市
秋田市
盛岡市
仙台市
佐野市
大堀村（双葉郡浪江町）
毛呂山町
熊谷市
埼玉（さいたま市）
睦丘村（山武市）
佐貫町（富津市）
横須賀市
中野区
杉並区高円寺
東大和市
北区
荒川区
豊島区
東京都
東陽町
黒門町（上野）

舒蘭県（吉林省吉林市舒蘭市）
奉天市（瀋陽市）
旅順（旅順口区）
長野市
富山湾
八尾町（富山市）
津市
大阪市
西宮市
芦屋市
防府市
下関市
鳥栖市
佐世保市
岡山
土佐市
長崎市
味坂村（三井郡）
久留米市
樋脇町（樋脇町市比野）

〇歳（敗戦時）

アンジェラスの鐘　　片山　八彦

原爆の記　　片山　仁八郎

（八彦の父、仁八郎遺稿）

アンジェラスの鐘

片山　八彦

　私は一九四五年八月十三日、終戦の二日前に、佐賀県鳥栖市の父の実家で生まれた。その当時について、あとから少しずつ親戚たちに聞いたことをここに記したい。

父の実家では、父の両親のほか六人の妹弟や疎開してきた親戚など、合わせて二十数名が一緒に生活していた。父はその頃長崎の軍需工場で技術者として働き、原爆にあったが幸運にも命は助かった。

　父の話は後述するとして、私の生まれた前後の状況を述べる。家は田舎の里山の中にあり、わりと大きな家だった。しかし畑などはあっても働き手が少なく、食べていくことに苦労していた。そんな中、祖父は空襲警報が鳴っても守ってやるから防空壕に逃げずに客間の一番良い座敷で産めと言って、そこで私は生まれた。しかし十五日の終戦のあとも暫く父と連絡が取れず、そのうち長崎が新型爆弾でやられたという噂が入り、家族みんなが心配していた。八月下旬になって、やっと父から一枚のはがきが届き、無事であることがわかった。

　また、食糧難の中、母は母乳が出ず、牛乳なども手に入れるのが困難で私を育てるのに苦労したようだが、片山家の長男であることと他に乳幼児がいないこともあって、みんなから温かく見守られ可愛がられた。母が私と一緒になるのは母が寝る時だけで、それ以外はいつも誰かが私の面倒を見ていたと母から聞いた。

　終戦後約一年位して、母と一緒に長崎の父の元に行った。最初は父の同僚で、小さな子供のいる家族四世帯が、会社の借りた元料亭だった家に共同で住んでいたが、やがて爆心地から直線距離で五百メートル位の城山町に移った。そこは原爆で焼け野原だったが、いち早く会社が社宅をその中に建てたものだった。その頃原爆は新型爆弾というだけで、放射能についての知識も警戒心もなかった。そして爆心地付近の市電、国鉄（今のＪＲ）が復旧し、家や長崎大学附属病院などの建物が建ち始めて、多くの人が住むようになってきていた。

　私が原爆を意識したこと、あるいは原爆という認識もなく体験したことがいくつかある。その一つは、原爆の熱線で受けた顔や腕に青紫がかった傷跡《ケロイド》のある人を何回か見たことである。腰の曲がったお婆さんだったり、私が通った城山小学校の生徒の中にもいたりした。その人達がとても怖くて、私はよけたり逃げたりしていた。その人達はどんな気持ちだったのだろうか……。今思うと大変申し訳なく思う。

二つ目は、爆心地に近い小高い丘にある、大浦天主堂というカトリック教会である。この大きな建物は原爆で破壊され、その瓦礫の中に手を合わせたマリア像の残骸や、地中に落ちた鐘楼（アンジェラスの鐘と呼ばれている）が終戦後十数年も残されていた。原爆遺産としてそこを残す運動もあったが、今は新しい天主堂が建てられている。まだ私が中学生の頃まで、建物の残骸や壊れかかったマリア像などがそのままになっていた。その小高い丘の土手には桜が毎年見事に咲いていて、小学生の頃、家族で花見に行った写真が残っている。

三つ目。長崎では毎年八月九日午前十一時二分に、市内中の教会の鐘々や工場のサイレン、港にいる船の警笛などが数分鳴り響き、市民はそのあいだ中黙祷する。また小中校生などはこの日登校日になっており、学校で黙祷をして犠牲者の冥福を祈った。

そのほか、原爆資料館へ母に連れられて見学した時、怖すぎて気持ち悪くなったり、向かいに住んでいた同級生が二十歳代に白血病で亡くなったり、ほかにも白血病やガンで亡くなった人の話をよく聞いた。因みに、父も長生きしたが最後はガンで亡くなった。

ここで少し父の話をしたい。

父は原爆について、あるいは戦争について私や家族に話したことが一度もない。しかし、晩年ガンの手術をしては数年後に別の所に転移するということを繰り返していた時、「この原稿を渡しておく」と原稿を渡された。さりげなく言われて、その場では読まずにいた。

そして、しばらくして読んだ。それは驚いたことに、原爆に合った当時のことが詳しく書かれていた。何故今まで話さなかったことをこのような形で残したのか推測すると、普段から口数の少ない父にとって、今さらながら改めて話すのが気恥ずかしい思いがあったことや、多くの悲惨な犠牲者を目の当たりにした父にとって、軽々しく話すと彼らを冒涜するような気持ちになること、もちろんとても重く苦しい思い出を思い出したくないなどがあったと思う。しかし、父もガンを患いあまり時間がないことから、原爆の怖さ悲惨さを誰かに伝えなければと思い、子供二人に原爆の話を書き残したのだろう。父は、その二年後永眠した。その原稿をここに掲載したい。

原爆の記

片山　仁八郎

（八彦の父、遺稿、平成六年八月四日記す）

今年の夏は気象観測の記録を破る暑さだそうである。今日もうだるように暑い。このような日には、あの日を思い出す。あの日、昭和二十年八月九日、長崎の空は雲一つ無く晴れて、暑かった。あの日の午前十一時二分に始まった一連の出来事については、最早記憶が薄れてきたが、あの瞬間のことは、はっきり覚えている。そのほか、覚えていることを描いておきたい。

一、プロローグ

我ら設計部（今の技術部）は疎開して、町外れ、片淵町の山手にある長崎商業高等学校（今の長崎大学経済学部）にいた。勤務時間は午前八時から、午後五時までである。午前十時には、一同運動場に出て、ラジオ体操をすることになっていた。あの日も体操をして部屋に帰り、めいめい仕事に取り組んで、静かであった。我々の部屋（一教室）は、二十名位だったと思う。空襲警報が一度出たが、まもなく解除され、部屋には緊張感が張り、仕事が最も捗る時間である。

この時窓から外を見ていたＩＫ君（現存）が皆に「Ｂ29がきたバイ」と知らせ、「落下傘が落ちてきたゾ」と叫び、間髪を入れず『伏せろ』と大声でどなった。私が机の下に伏せるのと、ピカッと閃光が走るのと、どちらが早かったか分からない。閃光につづいて、猛烈な爆風がきた。同時に爆弾が破裂したような、物凄い音もきた。机の下で暫く待機した後、戸外に逃れ、防空壕に避難した。当時この疎開先には設計部など百五十人位いたかと思う。幸い大きな怪我人はいない。しかし何が起こったのか見当がつかない。私等は至近距離に大型爆弾が落ちたと思った。長崎はそれまで空爆の経験がなかった（一度だけ夜間に小型の空襲はあった）。とにかく、状況が分からないので、各自帰宅して模様を見ることになった。この時はまだ、あの夏の暑い、長い、地獄の中をさ迷うことになろうとは、思いも掛けなかった。

ここで我々の設計室の模様を描いておこう。疎開先は学校の校舎なので木造二階建て、長い廊下に沿って、四十人位の教室が幾つか並んでいる。私の部屋は二階で、両側の階段から上がることになっていた。教室と設計室では机のサイズが違うので、机の並べ方が違う。つまり、我々の場合は廊下に平行に並べて、廊下に背を向けて座ることになる。私は一番後ろの廊下寄りで、後ろは、上下に開閉するフランス窓であった。

爆撃の後、部屋に帰ってみると、天井は破れ、太い屋根の根太の材木が垂れ下がり、窓は総て吹き飛ばされ、惨憺たる状況であった。私の机には、上も、横も、引き出しの面もガラスの破片が無数に突き刺さっていた。もしも、高島君がB29を見つけなかったら？（空襲警報は解除されていた）、もし彼が原子爆弾を抱えた落下傘に気づかなかったら？　そして「伏せ」の号令を掛けなかったら？　また私が高島君の号令で、机の下に伏せるのが一瞬遅れれば、私の背中から頭には、ガラスの破片が一杯突き刺さっていただろう。長い一生の間には、幾度か命拾いをした記憶があるが、これはその中で最大のものである。IK君は命の恩人であると、会う度に言っている。

二、その日の午後

私はその頃妻を郷里に疎開させ単身となり、会社の指示により独身寮の寮長をしていた。寮生は旧制中学出身の青年で、大半は兵隊に召集されて、十数名が居たと思う。寮は片淵町の電停から二百メートル位の便利な所にあり、木造二階建て、三思寮といった（今の同名の寮は、移転して鉄筋コンクリート作りになっている）。

我らの疎開先の長崎高商から寮までは、だらだら道を下って一キロ前後である。爆撃を受けた後も、状況は分からないものの、爆風と爆音の大きさから考えて、相当の被害があると考えられた。それも至近弾と思われたので、もしかしたら寮の付近かもしれないと思った。ところがどこまで行っても、爆撃の跡らしい所は見えない。辺りはひっそりとして人の姿も見えない。ただどこの家も、雨戸も、ガラス戸も吹き飛ばされている。寮に帰り着いてみると、家の中は足の踏み場もないほど、家具やガラス戸が吹き飛ばされて散乱している。寮母さんとその家族の姿も見えず、ひっそりとしている。私が大声で寮母さんの名前を呼ぶと、床下の防空壕から防空頭巾を被ったまま、皆恐怖におののきながら出てきた。私を見て安心したのか、涙ぐんで、皆無事であることを喜んだ。靴ばきのまま二階の私の部屋に行ってみると、本箱もタンスもラジオも皆吹き飛ばされて、足の踏み場もない。

しかし、まだ全体の状況が分からない。私は諏訪神社の丘まで登って、市内を見渡せばなにがどうなっているのか分かるだろうと思い、寮母にそう言って出掛けた。片淵町から諏訪神社に登るのに二十分位かかると思うが、町の状況は今まで見てきたのと変わりはない。丘の途中の知り合いの家を訪ねたら、ここでもおばさんが不安そうに留守居をしていた。それから、諏訪神社の上の大きな楠（と思う）の横に立って、浦上方面を見下ろして、初めて、物凄い光景を見たのである。浦上方面から長崎駅にかけて、真っ黒い煙と、紅蓮の炎が地を這うように燃え上がっていた。その先の畑には、裸の、真っ赤に焼けただれた人が蹲《うずくま》っていた。これが、地獄を見た初めである。多分午後二時頃であったと思う。私は急いで寮に帰り、寮母に浦上方面が大火災になっていることを告げ、とりあえず、下の食堂と一部屋だけ掃除して、有り合わせのもので夕食の用意をするように頼んだ。それからまもなくと思うが、真っ黒い雲が空を覆い、まるで夕方のように薄暗くなり、雨が降ってきた。雨も黒ずんでいた。

本工場は長崎港の対岸にある。私は本工場に行く時には自転車で行った。この自転車については、また後で書くことになる。その頃の服装は、上は白かカーキ色の半袖開襟シャツ、下は長ズボンにゲートル巻きである。本工場に出ていた寮生が次々に帰ってきて、工場や、市内の被害の、見てきた有り様を話し合う。それは、身の毛のよだつようなことばかりであった。

三、その夜

夕方になると、浦上方面から、被災者が次々に避難してきた。中には、リヤカーに負傷した家族を乗せてくる人もある。三思寮にも、そのような従業員が何家族かやってきた。とりあえず食べ物と水を出して励ますと、また歩き出してゆく。が、中には今晩は泊めてくれという人もいた。ここまで来るのが精一杯で、力尽きたのであろう。さっき寮母が掃除した部屋に休ませた。

夜は停電で真っ暗。黒い雨は上がって、むしむしと暑い。その時、我々は原子爆弾とは知らない。また空襲があるかもしれない不安がある。玄関の畳の部屋に蚊帳を吊って、皆で頭と上半身だけ蚊帳の中に入れて寝た。蚊がブンブンと押し寄せてきた。下半身は長ズボンとゲートル巻きのままである。それから数日は、このようにして夜を過ごした。

四、終戦まで

不安な一夜が明けて、八月十日となった。それから後のことは、断片的な記憶しかない。広島に新型爆弾が投下され、大きな被害が出たというニュース、長崎も同じものらしい。戦況はいよいよ不利で、米軍の上陸が近いという噂など、新聞は無く、ラジオも聴けない我々に聞こえてきた。

なによりも、被災した社員、同僚の救護を急ぐ。本工場に本部がつくられ、私は三思寮で被災者の救護、援助にあたることになった。田舎に帰る被災者が、援助を求めて寮に立ち寄っていく。ある人は、その家族の一人が、家でついに息を引き取った。慣れないことなので、本部に対策を問い合わせたら、現地で適宜処置をしろ、と言ってきた。やむを得ず寮生を集め、薪になる材木を拾い始めて、近くの小学校の運動場で火葬に付した。当時長崎では、夜になると、このような火があちこちで見られたということである。

会社の幹部や同僚にも、留守宅が被災して家族が死亡、負傷、或いは行方不明になったという知らせが次々と入ってくる。社員はそれぞれ手分けして、被災家族の救援、捜索に動員された。本工場は屋根が吹き飛ばされ、機械、設備もかなり損傷をうけたが、幸い死傷者はなかった。

しかし浦上にあった鋳物工場は全滅、その地区の住宅、養成工の寮も全滅など詳報を聞くにつれて、被害は増えていった。

私の上司、ＫＦ設計部長の夫人は行方不明、元の上司、工作部長ＹＹ氏（後副社長）の夫人は重傷の後死去、ほか部課長で家族を亡くされた方が次々にわかってきた。

片淵町から旭町の工場まで歩いて行くと、見渡す限り焼け野が原、照りつける太陽の下、まだくすぶっている焼け跡に佇んでいる被災者など、悲惨な光景であった。市内電車の中で死んでいる人や、馬車を引いていた馬が、立ったまま死んでいるのを見たことがある。

五、Nさんと私の自転車

私が入社して暫くして、長電に教育課が作られた。養成工と旧制中学卒者教育を担当するところである（因みに養成工出身には優れた人材が多く、後に戦後の復興と技術、技能の伝承に貢献した人が多い）。私は設計所属であったが、教育課も兼務となった。初代教育課長は労務担当のNさんである（後、本社勤労部長、戦後の労働運動が盛んな頃、経営側を代表して活躍し、広く知られた）。余談になるが、市内から東に一山越えた海岸に、橘湾に面して東望寮という会社の寮があった。木造平屋建て、庭が広く、海に面して閑静な所であった。教育課ではよく此処を利用した。ただ、当時は車のない時代で、電車で蛍茶屋の終点まで行き、後は歩いて山越えしていった。Nさんは夕方暗くなると目が不自由になるので、私が手をつないで、坂道の石段を「一つ、二つ」と数えながら歩いたものである。今考えると、当社には魅力的な先輩が多かったが、長崎もその例外ではなく、Nさんもその一人であった。

八月八日の夜（あの日の前夜）、Nさんから夕食に呼ばれた。おそらく、疎開やもめで寮長をしている私を慰労してやろうという気持ちではなかったかと思う。私は喜んで、お受けした。通勤は大波止まで電車に乗り、そこの桟橋から市営の連絡線で旭町に渡るのが普通であるが、私は疎開先の長崎高商までは徒歩で、旭町の本工場までは自転車で行くことにしていた。寮から工場まで五キロくらいかと思う。その夜はN夫人の手料理で、食糧難の時代にもかかわらず、大変ご馳走になった。この夫人は、Nさんが東大時代に大恋愛を勝ち取って結婚したという、某教授の令嬢との噂で、大変粋な美人であった。その晩何の話をしたか忘れたが、Nさんは熊本出身で、酒が強く豪放磊落、文化人でもあったので、はなしが弾んだと思う。私もだいぶん酒がまわったので、自転車に乗れなくなり、後日取りに来ることにして電車で帰った。半日後、此処が灼熱の火に燃え尽くされようとは、神ならぬ身の知るよしもなかった。

夫人は被爆され、会社の寮に収容されたが、八月末に亡くなられた。

それぞれ手分けして被災した幹部の家を救援に行く時、私は中川家の組に入った。ところが、見渡す限りの焼け野原で、吹き飛ばされた屋根、倒れた電柱、焼け残った物が道路まで散らばっている。それらを避けながら道を辿っていったが、何処が誰の家か、とても分からない。

このような被災地で、一軒の家を特定することは不可能である。探し回っている時、わたしの自転車が見つかったのである。私が毎日乗っていた自転車だから、見覚えがあり間違いはない。焼けて、壊れてはいたけれども、焼け跡に立っているのが離れた所から見えた。これで、中川さんの家がはっきり特定出来たわけである。しかし、もはや如何ともすることが出来ず、引き返さざるを得なかった。

六、終戦

混乱の中で夜が明け、日が暮れていった。電気、ガスは止まり、新聞、ラジオもなく、外部からの情報は人伝えに聞くほかなく、郵便も交通機関も止まり、暫くは陸の孤島のようなものであった。男も女も防空服で、暑い中を歩いていた。飛行機の音を聞くと、皆一斉に防空壕に避難した。夕方が来て稲光が走ると、物陰に伏せたり防空壕に飛び込んだり、悲喜劇もあった。ピカッと来て、ドンと来るから「ピカドン」と言った。

八月十五日がきて、重大放送があるから集まれ、と言われて私は防空壕に入った。中は人が一杯で、奥の方から鉱石ラジオの声が聞こえてきたが、雑音が強く、意味はよく分からない。どうやら戦争に負けたということらしい。I所長が奥から出てきて、沈痛な面持ちで、敗戦と全面降伏の旨を告げ、今後の方針や心構えを話されたように思う。私は脱力感と無力感を抱きながら、寮に帰った。後片づけがひとまず済んだ部屋で、畳の上に寝転んで空を見上げると、真っ青に澄んでいて、辺りは物音一つせず静かであった。暫くして突然、空の美しさに気がつき、静けさの中で、これが平和というものか、と一瞬思った。

七、その後

それ以後のことは書けば限りがないので、簡単に書いておく。

三思寮は、原爆で家族をなくして単身となった幹部の寮となった。

Ｙさん、Ｆさん、ＮＫさん、ＮＩさん、またＩさん、Ｍさんは家族疎開組であった。若い寮生は近くの伊勢寮に移された。私は寮長のまま残ることになった。先輩ばかりで心配したが、皆気さくで明るく、むしろ集団生活を喜んでおられたような気がする。寮母のＫＺさんなどが、誠心誠意世話をしてくれた。食糧難は依然として続いていたが、各方面からの差し入れがあり、なんとか凌いでいた。それでも、空腹がちなので薩摩芋など手に入れて、夜八時過ぎに「いもですよう」と声をかけると、皆二階からどやどやと降りてきて、暫く話が弾んだものである。この寮生活は一年以上続いた。その年の秋、ある人（Ｆ課長？）から「浦上の畑の薩摩芋ができたので、掘りに来ませんか」と誘われ、寮生一同でリヤカーを引いて、爆心地を通って約四キロの道を行ったこともある。日曜に何回か通ったものである。

八、ハガキ一枚

私のことも書いておく。

私の郷里は佐賀県で、両親、弟妹のほか親戚の疎開者を含めて、当時は約二十人位いたということである。妻もそこに居た。八月が出産予定であった。

原爆後、私の消息が分からずに困っていたらしい。私の方も連絡の方法がなく、成り行き任せであった。八月末、会社の同僚（多分ＫＹ君）が家族を連れて帰ることになり、諫早から汽車に乗るという。長崎から諫早まではまだ不通で、その間約三十キロを歩かねばならない。私は一枚のハガキに無事である旨を走り書きして、どこかのポストに放り込んでくれるように頼んだ。それから連絡が取れるようになり、八月十三日に長男が生まれたことを知った。

九、エピローグ

平成六年八月四日の『朝日新聞』に「長崎原爆、投下目標示す地図確認　実際は3．3キロ北西に外れる」と、題する記事が載った。少し長いが引用してみたい。

「原爆投下の標的は何処だったのか。長崎の投下目標地点（照準点）は市街地の中心部となっていたが、一九四五年八月九日に投下されたのは約3．3キロ北西の同市浦神地区の工場地帯だった。投下位地が当初の目標地点と違っていたのが確認された。米軍が長崎に原爆を投下する際に照準点を定めた地図が、原爆投下作戦や空襲に関する研究者たちによって国立国会図書館で見つかった。」

以下、研究内容が詳細に書かれ、目標地点は市の中心、常盤橋付近と特定されている。

此処から我々のいた地点は、約二キロしかなく、目標通りに投下されていれば、市の中心部、三菱造船や当社の本工場も全滅し、われわれも生きてはいられなかったと思われる。

改めて、人の命の儚さ、運命、あるいは人知の及ばない何かを考えさせるのである。

1歳

初めてのセーラー服を

河合　和子

初めてのセーラー服を

河合　和子

私は昭和19年に、東京荒川区で生まれました。母から聞いたことですが、その頃の東京は、戦争で誰もが危険になってきた時で、兄二人は知人に預けて防空壕に入れてもらい、母はお産婆さんの所にいたといいます。防空壕で子供が泣くので、回りに気兼ねした母親が外に出た途端に焼夷弾が落ちて亡くなるということもあったそうです。

父はその頃富士の裾野にいて、そろそろ外地に行こうとしていました。東京も危ないので、父方の長野の家に行くように言われ、疎開しました。

東京がそんなに緊迫していたのに、長野では飛行機が飛んできても、皆がただ空を見上げているだけでした。あくる年、終戦になりました。父の母は亡くなっていて、その妹が子供を連れて後妻さんになったそうで、私達は歓迎されず、農家の物置にいさせてもらう貧乏生活でした。それでも、そのおばあさん以外は良い人ばかりでした。

農家には赤ん坊がたくさんいて、小学生になる前から子守りを頼まれて重宝がられ、暗くなるまでおんぶしていると、おやつに、おいも、りんご等をもらえました。本家では三人子が生まれて、三人の子守りもしました。途中から乳母車になり、お正月には下駄や足袋を買ってもらいました。真冬は「ねんねこばんてん」を着ていましたが、よくおしっこをされ、背中が濡れて大変でした。何十年かぶりに、背中におぶわれていた赤ん坊と逢った時にも、この話が出ました。

小学校に入学してからも、戦争の話などを聞いたこともありませんでした。周囲はりんご畑が広がっていて、田舎ののどかな風景でした。田植、稲刈り、りんごの花摘みと袋かけ。母の仕事はいくらでもありましたが、お金をもらえるわけではなく、お米、野菜とわずかな物でした。11月になると、だんだんと雪が降ってきます。朝起きると軒先まで積もっていて、学校に行くのも大変でしたし、外の仕事はぱたっとなくなります。

その頃、一軒家ですが真ん中に仕切りのある家に引っ越しました。雨の心配もなくなり、母は隣の大家さん達と、ラジオから流れる美空ひばりや春日八郎などの歌を口ずさんで、楽しそうに内職をしていました。ここに住むようになってから、洗濯は前の川で、米とぎは井戸に行って、母が農家の仕事から帰ってくるまでに出来ることをやっておくと、回りに同学年の子供が何人もいて結構遊べるし、怒られることもありませんでした。留守番の時には皆でリヤカーを引いて河原まで行き、熊手で松葉をかき集めて、皆の入れ物をいっぱいにしました。楽しい遊びでした。近くにパルプ工場があって、そこでは材木の皮を自由にむかせてくれるので、道具を使って太い材木の皮をむいて、それもたくさん集めました。松葉と樹皮はご飯をたく時の燃料にするのですが、子供達は遊びながら冬支度の手伝いをしているのでした。

家にお風呂がなかったので、いつも入るというわけにはいきません。それでも温泉が近くにあり、時々は、母達が「学校から帰ったら、風呂の支度をして畑に来るように」と言うこともありました。そんな時は弟を連れ、五、六人で畑まで歩いて、母の仕事が終わるのを日暮れまで遊びながら待っていました。そこからまた歩いて、無料だった共同浴場の温泉に皆で入りました。帰りも電車賃がもったいないので、きれいな星空を見ながら歩いて帰るんです。皆が仲良しで楽しかったです。

その頃の東京はまだ落ち着いていなくて、父と長男は住み込みで働いていました。父から仕送りがないといつも、早く送ってくださいとハガキを書かされました。後になってから、「お前のハガキがいっぱいたまっていた」と言われました。給料が遅れると、学校に納めるたった何十円のお金すら払えませんでしたが、担任の先生は優しくて、持っていくまで催促もありませんでした。疎開してきて何もなく、かわいそうと思ってか、クレヨンまでくださって、何かと気にかけてくれて助かりました。

毎年夏休みには、農家に頼まれてビールに入れる苦味のホップを摘みました。高いところから切り落とされたツルを日陰に運び、母と一緒に摘んで、ざるにいっぱいになると日方を量ってもらいます。10円働くのは大変で、手はアクで真っ黒になり、一軒終わると次の家に行きます。季節のものなので、人手が欲しかったんですね。その時はただやらされているだけでしたが、根気だけは良くて、夏休み中1000円近くになったようです。男の兄弟は全然駄目でした。ホップはすごく臭くて、ビールに入れるなんて知るよしもありませんでした。

そんな楽しい時間も長くはなく、小学校四年生になった頃でした。おばあちゃんに面倒を見てもらってはいなかったけど、同じ村の近くにいられるのがいやだったのでしょう。「あんた達がここにいるから父親はのんき気で、迎えに来ないんだから、東京に行きなさい」と、言われました。町に住む父の兄に命じて、無理やり、持てるだけの荷物を持って夜逃げ同然、上野駅に連れてこられました。父達も東京に戻っていたので、母と子供三人(長野で弟が生まれて)父の働き先に行きましたが、父は仕事でいなくて、帰ってくるまで道路の端に荷物を置いて、そこに座っていました。通る人が皆じろじろ見て、恥ずかしさを知りました。夕方になったら、そこの奥さんが家の中に入れてくれたんです。父が仕事から帰ってくる頃らしくて、息子さん達も手のひらを返したように優しくなって、夕飯を食べさせてもらいました。

何日か転々として、中野の母の姉の所にやっかいになって、やっと学校に行けると思ったら、普段おとなしい伯父さんが夜中に酔っぱらって帰り、伯母さんが鍵を掛けてしまいました。伯父さんはそれに怒って、私達をたたき起こし、出て行けと言いました。タクシーを拾って、また父の所に行きましたが駄目で、結局母の姉妹がいる茨城県に行きました。叔母さん達は炭鉱の長屋に住んでいましたが、今度は田んぼの中の二畳ぐらいの掘っ立て小屋を貸してもらえました。真っ暗闇でこわかったけど、ローソクの明かりでやっと落ち着けました。親子四人が布団一枚にくるまってという有り様でしたが、寝る場所は確保できました。それでも食べることの心配で、学校に行けないことも多かったのです。

母は土方に出て少しのお金を稼いで、私はここでも子守りでした。休みには口に入るもの、食べられるありとあらゆるものを叔母さん達に教わって、イナゴ、セリ、フキ、ワラビ、ゼンマイ等を取りに行き、冬に備えて蓄えました。

炭鉱で働いていないので、石炭の配給がありません。隣村の炭鉱に石炭を拾える所があると聞き、最初は母に何回か連れられて、これが石炭だと教わりました。一人で行くようになって、黒いからとたくさん集めて喜んでいましたが、朝になって母が見ると黒いけれど石炭ではなくがっかりしました。

小学五年生くらいの子供が隣村の炭鉱に行って、ボタ山の瓦礫の中から石炭を見つけるのは大変なことでした。自分の背丈のおしりまである背負子《しょいこ》を背負って、家路につくのは、子供の足なので一時間以上かかります。高い土手カゴを下ろして休憩しないと、立てなくなります。学校から帰ると、そんな思いをしながら毎日一人で行きました。

馴れてくると、たまに金ぴかの石炭が拾える時もあって、早く帰って母に自慢したくなりました。子供はあまりいないのですが、一人の女の子と知りあって話をするようになりました。その子は馴れていて、今日はトロッコが来るかもしれないと教えてくれて、すると本当にボタ山にトロッコが来て、瓦礫を捨てていきました。石ころばかりのその中から石炭を探すのだから大変なことでした。友達になったその子は、私が行かないと心配してくれるので、毎日通っているうちに、家では使い切れないほどの石炭がたまり始めました。

学校帰りに知らない子供達が、「田んぼの小屋から煙が出てるけど、何だろうね」と話しているのを聞いて、自分が住んでいることが言えなくて恥ずかしい思いをしました。知り合いからもらったストーブは煙突が短く、ちゃんと燃えるまで煙が小屋に充満していて、毎日大変でした。また、台風の時は隙間だらけなので、生きた心地がしませんでした。

お風呂はおばさん達がいる炭鉱に、ただで入れる大きなものがありました。月明かりで歩いて行けて、次男も東京に出ていたので、帰り道に三人で母のお姉さんの家に寄れるのが楽しいことでした。

茨城へ行っても戦争の面影などなく、炭鉱があちこちにあって、長屋の煙突が限りなく続いていました。

おじさん達は裸にふんどしを巻いて、おでこにカンテラをつけ、トロッコに乗って坑内に入ります。はるか彼方まで地下に潜って石炭を掘る危険な仕事でした。

おばさん達は会社が配給する石炭を出荷した後の、売り物にならないものを使っていました。ただだから仕方がないけど、燃えカスがたくさん残りました。私が毎日拾ってきたものは良いもので、たくさんあったので、東京に行く時には、おばさん達に分けてあげて喜ばれました。

母は苦労の連続でした。七人姉妹弟に産まれて、男一人は戦死、母は一人東京へ奉公に出されました。長野にいた時、父母の死を知らせる電報がきても、お金がないので行けなくてかわいそうでした。後になってみると、茨城に疎開していればよかったとも思いますが、母と二人三脚でがんばってきました。勉強はできなかったけど、力仕事だけはがんばれました。

東京で暮らせるようになったからと、父が迎えに来た時は中学一年生になっていました。今度は、友達ともちゃんとお別れができて、父の働いている工場のすぐ近くのアパートに住むようになりました。工場の奥さん達も皆良い人で、生活は楽ではなかったものの、食べることの心配はなくなりました。この時に初めてセーラー服を着せてもらいました。ここで、私の戦後は終わった気がしました。

こんな環境で育って、楽しいこともいっぱいありましたが、性格的に引っ込み思案で、人前に出ることや、人より目立つのは駄目とか、心配性で取り越し苦労などと、心の底から楽しんでいない気がします。スポーツをやっていた頃はそうでもなかったのですが、大人になってからは、いつも自分の方からストレスを抱えてしまうので、それが血圧にも現れているようです。

高校に行く余裕がなかったのですが、その頃の中学生は「金の玉子」で、大きい会社からの求人がたくさんあって、どこにでも入れた感じでした。私は勉強ができなかったので就職しました。親孝行だけはしたと、自分なりに思っています。

2歳

自給自足の手助け　K・A

食糧難で母が苦労　田中　雅子

手回しのサイレンだったか、鐘だったか　新井　勇

自給自足の手助け

K・A

小生、終戦時二歳であり、戦争の記憶はありません。

昭和二十四年、小学校入学の子供の目で見た、戦後の子供であった時の記憶を再現してみたいと思います。片田舎で育った当時の状況です。

子供の日常生活は、自給自足の手助けです。春から夏にかけては麦刈りの手伝い、その後の田んぼの耕し（牛の鼻取りと言って、先導役）、田植の準備、田植そのものの手伝い。田植が終わると、夏には三角網を持って魚捕り、家畜用の草刈り、秋には「どじょう」捕り、米の収穫手伝い等、春から秋にかけては結構忙しい日々を過ごしたものです。

通学時は草鞋、又は下駄履きです。雨や雪が降ると雨靴はなく、素足で通学したものです。昭和二十六年の頃と思いますが、学校給食が始まりました。内容は脱脂粉乳とコッペパンだけです。これでも子供心に喜んだものです。

子供の遊びといえば、ベーゴマ、メンコ、三角ベース野球くらいのものです。野球のボール、グローブは手作り（布製）で、近くのお寺の庭でやったものです。子供の頃を思い返すと、明日のことを考えないのが子供の特権かと思います。なまじ年を重ね、明日を考えるようになると憂慮が生じます。これが大人への階段かと思います。

食糧難で母が苦労

田中　雅子

昭和二十年八月十五日。母や姉の話によると、私は居間でみんなと一緒に座って、ラジオからの天皇陛下のお話を聞いたそうです。場所は東京都杉並区高円寺二丁目。近くに農林省の蚕糸試験場がありました。私は当時二歳十一ヶ月でした。ほとんど戦争の記憶がなく、まわりの人の話で、そう言えばそうだったかも知れない、という程度でした。焼夷弾が落とされ、何軒もの家が焼かれた時、我が家の一角は蚕糸試験場の防火用水のホースが届いて、まわりの人々の協力で火が消され、焼け残ったと聞きました。家の庭に防空壕があり、爆撃のたびに逃げこんだと聞いています。

父は当時四十歳を過ぎていて、戦地には行かず、近所の警防団にいたので、両親、姉との四人家族は無事でした。

むしろ、敗戦後の配給や、食糧難で母が苦労したのではないかと思います。

配給で姉に運動靴が当たり大喜びしました。ところが、二日ぐらいはくと、底のゴムがすり減って、穴があいてはけなくなってしまったそうです。

私の着る物は、姉のお下がりが沢山しまってあり、不自由しませんでした。

小学校入学の際、ランドセルは布の厚い生地でできた花の模様の物でした。母といっしょに買いに行き、喜んで背負って帰ってきました。皮のランドセルなどありませんでした。

友達の家に遊びに行くと、都営の簡易住宅で、木造一軒家ですがお風呂がなく、窓も木でできているガラスのない窓でした。

昭和三十年頃、鉄筋コンクリートのアパートに建てかえられました。お父さんが戦死してしまったり、まだ戦地から帰らないという友達もいました。

物のない時代に育ち、親から「もったいない。物を大切にしなさい。物は生かして使いなさい。がまんすること。」と、何回もくり返し言われました。今、しっかり見についています。

食べ物を残すことにも罪悪感があります。捨てるなんて、とんでもないことです。

小学校五、六年生になり、さらに中学や高校で、よりくわしく歴史を学ぶにつれて、日本がやむをえない戦争を起こし、日本人だけでなく、周辺各国の人々まで不幸にしてしまったことがわかってきました。未だに中国や韓国の人々との関係がうまくいきません。今、北朝鮮からミサイルが発射され、不安の種がつきません。

今私達にできることは、戦争のむごさを語り、戦後の物資不足の苦しさを語り、あとの世代の人々に、「戦争をしてはならないこと」を語り伝えていくことだと思います。

戦後七十二年、経験した人々が減っていく中で、私達も、少し下の世代も、子や孫にしっかり語り伝えていきたいです。

手回しのサイレンだったか、鐘だったか

新井　勇

終戦を迎えた場所は大和村大字奈良橋七五九番地（現在、東大和市奈良橋、第一給食センター南）。

年齢は三歳の十日前（昭和十七年八月二十六日生）、終戦は生後三年ですので、あまり記憶になく、小学校に入学するまで（昭和二十四年四月）のことを記してみます。

○防空壕

私の家の防空壕は屋敷の前の竹藪の中にありました。一メートル位のスロープの階段が入り口でした。広さ四、五坪、深さ六尺の穴を掘り、柱を立てて天井を張り、その上に土盛りしてありました。中にはワラが敷かれ、その上にムシロが敷いてありました。

大きな防空壕は日立航空会社の職員のために掘られたとされています。現在ＪＡ東京みどり東大和支店の南部の下を南に向けて掘って、中で西に折れ、また北に向かい、役場（現

奈良橋公民館）の南側に出てきていました。全長七、八十メートル位あったと思います。現在の市場医院の西は平地林でした。医院の西に、大きな口を開けた防空壕が、空堀川と平行して掘ってありました。全長四、五十メートル位だったと思います。

奈良橋庚申塚。現在の新青梅街道と旧青梅街道の交差点の南西にも林があり、ここにも大きな防空壕がありました。現在の回転寿司がある所です。この防空壕は私が小学校に入る時は、すでにありませんでした。

○食糧の配給と交通

母に連れられて、奈良橋集会場（現、内野歯科クリニック）にアルマイトのバケツを持って、スイトンまたは雑炊のような食事を取りに行ったことを思い出します。

大和村には自動車が一台もありませんでした。消防車も、手押しの石油発動機が各大字に一台あっただけでした。東大和の道路はすべて砂利道でした。旧青梅街道を銀色のバスが走っていました。バスには後部に大きなタンクが二個あり、水タンクとボイラーになっていて時々薪を入れていました。そして手回しの送風機で風を送っていました。

○空襲警報

第一給食センターの前の辻に高さ三、四間、一坪位の矢倉が建っており、手回しのサイレンだったか、鐘だったか、警報、解除が発令されていたと思います。

戦中か戦後か定かではありませんが、飛行機から銀のテープ（巾五センチ、長さ五メートル位）と短冊が撒かれ、光があたりとても綺麗で、それを現在の東大和市立第一中学校運動場のバックネットの南の畑に拾いに行った思い出があります。

4
歳

食べられるだけでよかった　渡辺　一枝

ソ連軍がブーツの土足で　鈴木　和子

食べられるだけでよかった

渡辺 一枝

戦争の記憶の乏しい年齢でしたが、サイレンがなると、電燈に黒い布をかけて暗くしなければならず、怖かった思い出があります。東京も厳しくなり、父の実家に疎開しました。食料も十分でなく、さつまいもや小麦粉を練ったスイトンでした。食べられるだけでよかったのです。飽食の時代では考えられないでしょうが、白米のご飯など食べた記憶はありません。

現在のようにカラフルなランドセル等なく、布製の手提げで、小学一年生になりました。真夏の暑い日に、トラックの荷台に少しの荷物と一緒に乗って上京しました。その時、大事な麦ワラ帽子が風に飛ばされ、悲しかった思い出があります。

二学期に赤土小学校へ転入しました。給食は、コッペパンとミルクでした。欠席した友達にはパンを届けたものです。食べ物が貴重だったのです。当時は、ノミやシラミで大変でした。ＤＤＴを全身にかけられました。不衛生だったのでしょう、いろんなことが続きました。

戦後しばらくして、世の中も少しずつ落ち着いてきた頃です。何年か忘れましたが、大きなニュースが飛びこんできました。それは、ジャングルに日本兵がいるらしいという目撃情報でした。マイクで終戦を知らせたり、ヘリコプターでビラをまいたりしました。後日談ですが、信用されなかったそうです。

最初は、横井さんでした。その後、小野田さんでした。ヨレヨレの軍服でした。熱帯のジャングルで生き延びるということは、強靱な肉体と精神があったからでしょう。しかし戦争の犠牲者です。多くの人々が国のために命を落としました。二度とこんなことは、あってはなりません。戦争のことを知っている方々が少なくなりました。今の政治家の中で知っている人はどれだけいるでしょうか。

日本は戦争を放棄したのです。あの悲惨な戦争をくり返さないために、語り継がなければいけないのです。

戦争中、戦後と働いてきた高齢者の資産をねらった悪質なオレオレ詐欺等許せません。家庭でも教育現場でも、教育が足りないのではと思う昨今です。

でも、現在の日本にもこういう少年がいます。それは将棋の藤井聡太君です。まだ十五歳の中学生ですが、年長者を敬い、礼儀正しい少年です。嬉しいですね。

日本国憲法を守り、国民はしっかり学んでいかなければなりません。

ソ連軍がブーツの土足で

鈴木　和子

私、昭和十五年十一月二十五日生。長男昭和十七年生、次男同じく十九年生。父親は満鉄勤務、五人家族。大連、旅順にも転勤、最后奉天（現瀋陽）に。

日本の敗戦とともに、中国人の態度の変化。ソ連軍がブーツの土足で日本人街に来て、ピストルをつきつけ、家の中に乱入し、食べ物、貴金属、日本刀等を略奪にくる。少しでも抵抗すれば、子供でも容赦なく、殺される恐怖に遭っていた。

日本人は、まとまって生活してもいた。我が家は、たまたま満人が良く出入りし、大事に接して慕われていた為、危険な時は早めに知らせてくれたり、乗り物も、少しでも安全な引き揚げが出来る手配をしてくれたりした。

昭和二十一年の冬頃、列車にて三十八度線を越え、北朝鮮から韓国へ行き、船で博多港に着いた。

母親の実家は八月十一日、戦火にて、問屋街一丁目から十丁目まで全焼。

裸一貫で、乳飲み子を抱え、風呂敷袋一つ。おむつだけを、持って、母親のお姉さんの所へ、一時身を寄せる。

5
歳

南播磨屋町の家も丸焼け　渡邉 康世

オナラはさつま芋の匂い　栗原 次男

高官たちはいち早く逃げ、庶民は棄民となる　永島 靖夫

南播磨屋町の家も丸焼け

渡邉　康世

敗戦当時は、高知県土佐市宇佐町宇佐（旧東郷）に在住。五歳でした。

生まれたのは高知市南播磨屋町ですが、三歳の時、父が出征することになり、市内の状況も不安定になっていたので、母の実家がある宇佐に親娘で疎開しました。製菓業を営んでいた祖父母は祖父の血縁を頼って山間部へ疎開して行きました。祖母は結核で亡くなり、祖父と再会したのは戦後数年を経てからです。宇佐は海と山に囲まれた穏やかな処で、海浜部では漁業が、山の下の平地部では農業が営まれていました。母の実家は数十軒の農家の一軒です。

母には弟が二人居り、勿論出征していて、長男は中支方面（中国大陸の中部地方）に、次男は広島の呉で海軍に配属されていました。

敗戦当日の記憶は何もありません。新聞もラジオも無かった為なのか、周りの大人達に何も変わった様子はなく何時もと同じく穏やかでした。

ただ、こんな辺地にも小隊が幾組か駐屯しており、兵舎が狭かったのか、母の実家にも床の間のある部屋に隊長さんが寄宿していて、部下が食事を運んできていました。納屋の二階にも五、六人の兵士が寄宿していました。皆、穏やかな人達でした。

駐屯場の中で、敗戦日に事件が起きたことを後で聞きました。終戦だからと下級兵が上官に対し敬礼をしなかった為に日本刀で切りつけられたそうです。子供心にも上官の理不尽さに悔しさを感じ、言いようのない恐怖に胸が痛みました。

宇佐では一度だけ山のすぐ下の農家に焼夷弾が落ち、海岸近くにある里芋畑に避難しました。敗戦間近になっていたと思います。その頃、毎晩のように山の上がピンク色に染まるのを見上げていました。連日の空爆で高知市内の中心部とその一帯が焼け野原になっていたことを後で知りました。南播磨屋町の家も丸焼けでした。

戦争が終わると二人の叔父は割に早く帰還しました。上の叔父の足には五十円玉位の弾に当たった傷があり、少しくぼんでいました。下の叔父は無傷でしたが、「広島」の話をしたことがありません。この小さな集落でも多くの戦死者が出、私のふたいとこの何人かも早くに父親を亡くしました。皆、農家の長男でした。

一年経っても、二年経っても父は帰ってきませんでした。父とは戦地に送られる前に練兵場に面会に行ったそうですが、三歳児であった私には何の印象も残っていません。戦争中も母から父の話を聞いたことがありません。

昭和二十三年、高知駅に出迎えた時、九歳になっていた私は凄く戸惑ってしまいました。痩せて、顔色が浅黒く、目ばかり鋭いその人が、どうしても他人のように思えるのです。戦後は現実を批判しながらも前向きに生きようと努力をしていたようですが、何か屈折した思いを抱え込んでいるようでした。私が十八歳で上京したせいもあり、五十四歳の時、胃癌で亡くなるまで、あまり打ち解けることが出来ませんでした。

それから十数年を経て、高齢になった母の書類等の整理を始めた時、小抽出の中から赤茶けて印刷も消えかかった紙片を見つけました。「引揚證明書」とあり「昭和二十三年八月二十八日、恵山丸にて舞鶴港に上陸したことを証明する」。其の後には、当日引揚援護局よりの配給品が記録してありました。「ビタミン／四拾五丸。煙草／四拾本。マッチ／壱。手拭／弐。石鹸／弐。パンツ／弐。沓下／参組。帽子／壱。股下／弐。下着上下／弐。毛布／壱。シャツ／弐。胴衣／壱。雨外被／壱。帰郷旅費四百五十円。未支給々与／五百円。支給済」とありました。

父の遺品と言えば数枚の写真があるばかりですが、この紙片を手にした時、悲しみとも哀れみとも、怒りともつかぬ感情に押し潰されました。

たしかに、高知駅に迎えた時は支給された軍服を着ていましたが、シベリアから舞鶴までどんな姿だったのか想像がつきません。

抑留生活がどんなものであったのか、もっと話を聞けばよかった……。そうすれば、父を理解してあげられたかも知れない、今になってとても悔やまれてなりません。
家族を引き離し、多くの命を奪う戦争は、二度と許すことが出来ません。

オナラはさつま芋の匂い

栗原　次男

私は昭和十四年十月に現在の東大和市奈良橋一丁目の農家に生まれ、終戦の昭和二十年八月十五日は五歳と九ヶ月です。脳裏に残っているいくつかの記憶を中心において、当時を回想します。

○終戦前夜

空襲を告げるサイレンが鳴り、自家用の防空壕に避難するため家族総出で広い庭先に飛び出たとたん、地響きを立て頭上を超低空で多数の飛行機が北の方から南に飛んでいくのを仰ぎ見ました。

それは、大和村内の市街にあってゼロ戦の発動機を作っていた日立航空機立川工場を、昭和二十年二月十七日に襲った米軍の艦載機約五十機でした。小型爆弾を投下し、機銃掃射を加えたこの空襲で、死者だけでも百五十名を超えたと言われています。当日に、女子挺身隊として工場に徴用されていた叔母が「すごかった。怖かった」と言いながら無事元気で帰ってきました。その後、この工場は四月二十四日、再びＢ29の大編隊約九十機が襲い壊滅しました。Ｂ29に日本の戦闘機が突撃し、火の塊となって落下し、落下傘が開くのを見ました。

大和村の上空は東日本を爆撃する米軍機の常用コースで、村民の頭上を毎日のように大型の爆撃機が通過していたと言われています。多摩湖周辺に配置された高射砲陣地は、空襲数回で沈黙したと言われています。

平成十五年から二十一年にかけて行われた多摩湖堤防強化工事の石碑の説明文によれば、爆撃から湖の堤防を保護するため、自然石を積み上げ、コンクリートで固めた厚さ二・五メートルの耐断層を戦時に設置したことが記されています。また、復員した元少年航空隊の訓練生であった湖畔に住む小父さんの話によると、訓練中に湖面上空を飛んだ時、広い湖面をカモフラージュするために湖面は大量の樹木で覆われていたとのこと。

隣の小父さんが「並の鯉よりも数倍する大きな魚を多摩湖から捕ってきた」と言って、近所の方を呼び寄せて皆に披露したことがあります。爆弾が湖に落ち、その衝撃で水際に打ち寄せられたものだと話していました。その場にいた年配の小父さんが「これは支那で見たコイ科の〝草魚〟だろう」と言いました。

今は湖畔の周りには防護柵が張られ入れませんが、柵もなかった当時は出入りが禁止されているにもかかわらず、湖をプール代わりに遊んだものですが、その山林には爆弾落下でできた大きな跡地があり、そこでも遊んだりしたものでした。

部落は農家が主で九軒でしたが、応召した青年四名のうち三名が殉職しています。

墓石によれば、叔父は支那事変に従軍し二十二歳で殉職していますが、自宅で行われた葬儀は村葬とし、村長、助役、村会議員、軍友会長、農会長、在郷軍人分隊長、青年組長、産業組合長、抵抗婦人会大和村分会長、僧侶代表等で行われ、大変多くの方々でごったがえしていました。庭の片隅からこれを一人でじっと見ていました。その時に履いていた非常に素敵な靴は、叔父さんが応召する前にわざわざ買ってくれたものであると、母が言いました。この靴は底がすり減っても、すり減っても、足に合わなくなっても、長い間履いていました。面影は残っていませんが、成人になってから、隣人から「あなたは叔父さんに、気性も面持ちもそっくりだ」と、よく言われたものです。

東京の下町は無差別爆撃で焼き払われていましたが、都心から引っ越してきた同級生が小学五年生の時に、震える声で「爆死した都民で、足場もなかった」と話しました。戦後五年を経て、初めて、あの東京大空襲を子供心に焼き付けたのです。

○戦後の食料

昭和二十年八月十五日正午、天皇陛下の御影が掲げられた床の間付の十畳部屋で、家族七人ラジオを囲んで玉音放送を聴きました。ガアガアとした声が、記憶の奥にうっすらと残っています。

農家は防風林に囲まれ、竹の林、柿、栗、ユズの木があり、食料にもなっていました。そんな狭山丘陵のたたずまいは、少なくなったとは言え今もあちこちに見られます

その村の中に、東京下町の御婦人方は買い出しに訪れていました。さつま芋、ジャガ芋、大麦と、何でも食料になるものは手持ちの衣料等と交換し、リュックに背負って帰って行くのをよく見かけました。水を飲みたいと言われたので、手押しポンプでくみ出した井戸水を、ひしゃくで差し上げたこともありました。傷痍軍人の方もみえていました。また、定期的にくる「ものもらい」もいました。自宅では、冬場には鉄ビンの下がった囲炉裏で焼く「やきもち」をよく食べました。最もよく食べたお茶菓子代わりは、台所の隅にいつも置かれていた大きなざるに入ったふかしたさつま芋で、オナラはさつま芋の匂いがしていました。

昭和二十年八月に結成された村の青年団の陸上競技会が年一回、小学校の校庭で行われていました。その際に出るお店で買ったアンパンの美味しかったこと。母が彼岸や祭日に手作りしたよもぎ餅も美味しかったが、生まれて初めて食べたアンパンの味は忘れ難いものとなっています。

配給券が各家に配られ、その券を持って歩いて三十分のパン屋さんに行くのが楽しみで、

食パンはジャムもつけずに食べたものです。農家では割り当てられた食料供出のため、俵詰めのさつま芋を出したりしていました。

戦後七年を経て中学に入っても、昼食は家で飼っていたニワトリの卵の入った、米、麦半々の弁当。時にはふかしたさつま芋だけでしたが、その昼食時に校舎の軒下で弁当もないまま、日向ぼっこで過ごす生徒もまだいたのです。

母が畑から帰ってから夕食によく作っていた手打ちうどんは、現在も唯一の得意料理として引き継いでおり、この作業に入ると必ずと言ってよいくらい、戦後の食糧事情が浮かんでくるのです。

＊参考文献『大和町史』

高官たちはいち早く逃げ、庶民は棄民となる

永島　靖夫

一九四五年八月十五日の終戦を、私は旧満州（中国東北地方）の吉林省舒蘭県の片田舎で迎えた。あと一ヶ月ちょっとで六歳になる時だった。その日のことを覚えているかと言われると、正直言ってはっきりしない。多分後から父母や二人の姉たちの話を聞いて、自分の記憶だとおもっているところも多いかも知れない。

その街は朝鮮国境に近く、松花江の支流が流れていて、我が家はメイン通りからかなり離れて人家もまばらになりかける西の外れにあった。道路の尽きる西の方向には中国の廰があり、そのさらに向こうには、行ったことはなかったが日本の開拓団の人たちが住んでいた。そしていつもその方向に、満州特有の真っ赤な大きな太陽が広大な地平線上にギラギラと沈んでいた。その風景は子供心にも強烈な印象を与え、満州というと私はまずこの強烈な夕日の光景を思い出す。

私たち一家は県公署（県の行政機関）の社宅に住んでいた。

私が生まれたのは東京目黒区だったが、下級官使で田舎の借金を背負っていた父が、新天地で何とかしたいと一九三八年に満州国公務員になって単身渡満。私は翌年の春、まだちゃんと座ることもできない生後六ヶ月の頃に、母に連れられ姉たちと父の住むこの家にやって来たのだった。家はレンガと白い漆喰で外を固めた二間に、台所風呂場付きの洋風の長屋だった。皆二家族が壁を挟み背中合わせで一棟に住んでいた。そうした建物が二十軒近く、団地状に配置されていた。部屋の中には、暖房用の天井まで届く大きな金属製のペチカあり、外には専用の石炭庫も付いていた。決して贅沢な造りではなかったが、周囲の中国人の軒の低い泥造りの住宅と比べると、外も内もやはり格段に立派でモダンであった。地方の田舎町であったが、当時の支配者が日本人であることをはっきり示す風景であった。

友達はやはり近所の日本人が多かったが、時々通りを隔てた中国人や朝鮮人の子供たちとも遊んだ。言葉は通じなかったが、隔てなく結構楽しく遊んだような気がする。紐で結んだ短い棒を両手で操る中国式のコマや、何連もの子凧を連ねた中国式凧揚げを知ったのも、多分この時のことだろう。母も彼らと遊ぶことを特にうるさく言わなかった。後年、私は仕事の重要なスキルとして中国語を選び学んだが、それはこの時の記憶に特別の親しみを感じていたからかもしれない。

ともあれ、八月十五日は私たちの生活を一変させた。日本が負けて、童話のような幼児世界もここで終わった。天皇の詔勅放送を聞いて分かる歳ではなかったが、この日以来大人たちは不安そうに小声で情報を交換しあい、帰国の時に備え、家財の荷造りを始めていた。親からは絶対に外に出ないよう言われ、以前はよく家に出入りしていた役所の中国人の吏員たちもぴたりと来なくなった。父は役所で中国人を対象に含む、地方の初等教育の普及事業を担当しており、親しい中国人の同僚も少なくなかったのである。父は不安になり、これまでの蓄えを引きおろそうとしたが、時既に遅く、満州国の銀行は閉鎖しており、主要な地位にいた人は皆早々と帰国していたことが分かった。関東軍も同様、ソ連の参戦を受け、守るべき邦人を放り出してとっくに沿岸部に撤退していた。知らなかったのは、国境の田舎町に残された父たちや開拓団の人たちだけだった。

それから間もなく、日本人は全員集合という命令がどこからか伝えられ、子供も含めとりあえずの荷物を背負って家を出たが、それが我が家との最後の別れとなった。

家に残した荷造り済みの家財は、その後手に手に鎌を持った中国人群衆によって、きれいに跡形なく持ち去られてしまった。この日から、我が家の着の身着のままの引き上げの逃避行が始まったのである。逃避行の詳しい様子は、作家藤原ていの『流れる星は生きている』などに詳しいから、ここには書かない。

結局我が家は山東省葫蘆島までの逃避行の間に、次男と三女の二人を流行病のジフテリアで亡くした。四歳と二歳だった。注射一本さえあれば、すくえたかもしれない命だった。

父は引き揚げ後、労働省の下部機構で働いたが、最後まで経済的には恵まれず、サラリーマンの夢である自分の家一軒も持てなかった。戦争に翻弄された一生だったと言ってよい。

振り返って、いつの世でも、戦争の犠牲になるのは一般庶民である。政府の政策を信じて他国領土に進出し、他国の人を支配し、その報いは当然とは言え、結果的にひどい目にあう。家族や財産を失い、十分報われないままに一生を終える。政府や軍はいざという時何もせず、高官たちはいち早く逃げ、庶民は棄民となる。

所詮、戦争とはこういうものだろう。きな臭いにおいが立ち始めた今日この頃、特にこうした歴史の教訓を、我々は忘れてはならないのだ。

6歳

空が真っ赤に染まる　内堀　清
お風呂屋さんの煙突　M・S
小学校三年生まで二部学習　野久保　昌良
あたり一面の焼け野原　伊原　恵美子
B29が低空飛行でやってきた　五十嵐　悦子

空が真っ赤に染まる

内堀　清

昭和二十年八月十五日終戦。

その翌年、大和村の小学校へ入学しました。

戦争の悲惨さは、幸いにしてあまり感じておりませんでした。しかし、東京大空襲の時、空が真っ赤に染まるのを見たこと、うっすらと思い出します。

あとは、日立航空機の会社が爆撃を受けた時。この時は、家の上を艦載機が何機も、何機も飛び、爆弾を落としていきました。さすがに怖くて、母と布団をかぶりました。変電所に今も残る弾痕の跡は、その時のものと思います。

お風呂屋さんの煙突

M・S

昭和二十年八月十五日、私は、母の郷里、富山県八尾町に疎開していました。

私だけが先に、父に連れられて行きました。その時、父が言った言葉をおぼえています。

「富山の奥深いところだから、だいじょうぶ。あとから、お母さんや初枝や妹も行くから、それまで、おじさん、おばさんの言うことをよく聞いて、みんなを待っているように」と言って、父は東京へもどりました。

それから二ヶ月か三ヶ月後、母、姉、妹たちも八尾に疎開してきました。

父、兄は東京（目黒区）にとどまり、空襲の時は、碑文谷八幡宮の守に、町会の人たちと避難したと聞きました。

母と私たちが東京へ帰ったのは、二十年の十一月頃か、少し前だったそうです。

目蒲線の武蔵小山駅から家に行く途中、ほかにも家がポツポツ建っていました。お風呂屋さんの煙突が、くずれないで、すきっと立っていました。

　6歳

小学校三年生まで二部学習

野久保　昌良

私達家族は昭和十五年頃、名古屋から深川の東陽町へ上京してきました。父親の仕事の関係でした。東陽町の小学校の正門の前でした。昭和十六年に弟が、十八年にもう一人弟が生まれ、その頃から燈火管制とかで、電燈の笠に大きな布を巻いて光が外に漏れないようにしたり、近くに防空壕が掘ってありました。

昭和十八年か十九年に、父親の親戚が住んでいる長野県西筑摩郡へ越していくことになりました。家財道具もそのお宅に発送してありました。しかし、そのお宅にも子供達の家族が引っ越してくることになり、私達家族は別の疎開先を探し、父親の姉さんの嫁ぎ先に受け入れてもらえることになって、山一つ越した与川という所へ、急遽越していきました。そこも、倉庫か物置に使っていた場所でした。母親と子供三人で、そこで生活を始めました。数ヶ月後、父親の姉さんの家の隣にある水車小屋に、最終的に落ち着きました。

昭和二十年三月の東京大空襲で、東陽町の家もなくなりました。その日、父は勤め先に、兄は学徒動員で赤羽の方の工場にいて無事でした。

母と子供達三人は周りの人と父親の姉さん達が助けてくれました。その援助のお陰で、栄養失調にもならずに生活できたようです。

私は昭和二十年四月、尋常小学校に入学し、与川の分校から本校へ行き、入学しました。その時初めて、天皇皇后の写真が入っている前で頭を下げていたように思います。夏休み中の八月十五日に終戦になったのですが、何がどうなったのか理解していませんでした。

二十一年の九月に東京に戻ってきました。中野の母の妹の家にやっかいになりました。その後、足立区の父の勤め先の診療所でしばらくお世話になりました。やがて父親と親しくしていた人の会社の事務所にしていた建物で、留守番と夜と休みの日の用心のためということで、そこに住むことになりました。

小学校三年生まで、二部学習でした。学校給食は四年生になってからだったように思います。休みの日には父親と一緒にいなごを取りに行ったり、荒川放水路で魚取りをしたり、親の親しくしていた人の家でお風呂に入ったりというような生活でした。

もう二度とあのようなことがないように願っています。それにしても、こんな事情の中で我々子供達を育ててくれた親達と、援助の手をさしのべて下さった人達に、改めて感謝申し上げたいと思っています。

あたり一面の焼け野原

伊原　恵美子

まだ幼かった私には、戦争当時の記憶はうっすらとしか残っていません。東京大空襲の夜、命からがら逃げまわった体験は、後に姉たちの話を聞いたことで知りました。それは本当に恐ろしい体験だったのです。

私は二人の姉と一人の兄、それにまだよちよち歩きの弟の五人兄弟の三女として、東京の黒門町、上野の松坂屋の近くで生まれ育ちました。この家は、昭和十九年十二月三十一日に爆撃を受け、焼け出されたといいます。そして、叔母や祖父の居る人形町の家に移り住んでいたのです。そこで遭遇したあの三月十日の大空襲。私たちは親子散り散りに戦火をさ迷ったのでした。

避難場所は明治座だったのですが、そこまでたどり着けず、次の久松小学校はすでに満員。すぐ傍らの紙問屋の防空壕に入ろうとしたのですが、親から絶対に手放すなと言われた荷物があるために、断られてしまったそうです。その時、幸いにも、近所の人が防空壕に入れてくれたお陰で、命拾いをしたのです。

翌朝、あたり一面の焼け野原です。明治座も久松小学校も全焼、あの断られた防空壕も丸焼けでした。私は幼い弟を背中に負ぶった長女を先頭に、瓦礫の街を歩き回り、くたくたになったことを覚えています。

どれだけ探し回ったでしょうか。私たちが親たちと無事再会できたのは、もう夕方近くだったと思います。再び家は焼かれてしまいましたが、親子親戚一同無事だったのです。思えば偶然が重なっての命拾いでした。あの夜聞いた焼夷弾の炸裂する音と、燃え上がる家々の炎だけは鮮明に思い出されます。

もう二度と味わいたくない戦争体験。

何があっても平和が一番大切であると、これからの人たちに、強く強く思って欲しいと願っています。

B29が低空飛行でやってきた

五十嵐　悦子

当時の住まいは埼玉県熊谷の中心から十五キロ入った農村地帯で、私は国民学校の一年生でした。稲の青々とした田んぼが一面にひろがっていたのをよく覚えています。

その当時空襲警報が鳴ると、学校の行き帰りでは田んぼの中に隠れ、家族と一緒の時は防空壕へ入っていました。家の中では夜になると電気に黒い布を掛けて暗くして過ごしていました。

一番恐かったのが、家の真上にＢ29が低空飛行でやってきた時、私は一人でいたので米蔵に慌てて入り、米俵の上に乗って恐怖の時間を過ごしたことです。座ってじっとしていたいのに、怯えるあまり体が自然にぴょんぴょんと飛び上がってしまいました。あの感覚はいまだに忘れられません。

熊谷といえば、終戦の半日前の八月十四日に熊谷空襲がありました。私達の地域は無事でしたが、知り合いの方は爆弾で首が飛んで亡くなったそうです。

昭和二十年八月十五日に七歳で戦争は終わりました。夜、明るくなった電気の下ですごせるようになり、ほっとして嬉しくなりました。

農村では都会の人達が食料を買い求めてやってきていました。我が家は農家でしたので、食べ物に困ることは無かったのが幸いでした。

7歳

サイレンが鳴り入学式は中止　倉繁　時子

戦争も、
地震に伴い起きた原発事故も　西村　静子

大きな火の玉　城取　正子

横穴の防空壕　前園　俊昭

サイレンが鳴り入学式は中止

倉繁　時子

その日、昭和二十年四月六日だと思うが、入学式のため、私は母に連れられ北区滝野川の国民学校へ向かっていた。

学校に到着後、警戒警報のサイレンが鳴り入学式は中止となって、自宅に戻り庭に掘ってあった防空壕に避難した。暗い壕の中で、米粒が少し入っただけの雑炊みたいなものを食べた記憶がある。

我が家の隣に母方の伯母夫婦が米屋を営んでおり、子供がいなかったので、私は入りびたっていた。まもなく我が家も米屋も近所の家々も強制的に取り壊され、疎開をしなければいけなくなり、母は自分の実家のある栃木へ行きたいと頑張ったみたいだが、父は自分の実家、新潟県上越の山奥に決めてしまい、四月中旬頃に、父の兄の伯父夫婦、子供三人と祖父の六人がいる家に、私ども六人がお世話になった。伯父の家も大変なことだったと思うが、私の母も気苦労でいたたまれなかったのではと思う。

その年の八月十五日、終戦の放送をラジオで聞いたような気がする。

一年後の四月五日、母が享年三十三歳で他界した。

父は妹三歳、弟一歳半を連れて上京し、まもなく再婚した。私八歳、弟七歳が田舎に残され、父は一年に春と秋、二回会いに来てくれていた。伯父のところは農家だったので、あまりひもじい思いはせずにすんだ。でも、生活物資、特に洗剤など無く、学校では女子は全員が頭に毛ジラミが湧いて、三角布を持参して、学校で頭に噴霧器でＤＤＴの白い粉を吹き掛けられたことが何回かあった。学校全員だったので、みじめさは感じなかった。

私は戦争体験は余りないが、今年八月十三、十四、十五日のＮＨＫスペシャルの映像で、体験者の話を聞いて、戦争の悲惨さを目のあたりにした。戦没学生の、遺作遺書を残し命を落とした二十歳位の才能のある若者達が生存していてくれたら、今では高齢者や亡くなられた方も多いと思うけど、今の社会とは違う社会だったのではと思う。

中学二年の時、父が私と弟を迎えに来てくれて、新しい母と一緒の生活が始まる。いろいろなことがあった中で、昭和二十二年春より社会人となり、現在に至っている。

戦争も、地震に伴い起きた原発事故も

西村　静子

私は福島の浜通りの大堀村という所で生まれました。後に七町村が合併して、今の浪江町になりました。

私の小学校入学は戦時中だったので嬉しかったのか、楽しかったのか覚えていません。防戦に対する訓練等で、よく林に逃げたり、防空壕に入ったりと恐い思い出があります。

まだ小学二年生になったばかりでしたので、戦争はどういうもので、どうしてはじまったのか等知りませんでした。隣の町に焼夷弾が落とされた時などは、花火のようで、きれいだなと子供心に思ったことを覚えています。本当は大変なことが起こっていたんだと後で知りました。

昭和二十年の夏休みのことです。お天気が良くて本当に暑い日でした。大人達が何やら話をしていました。お昼のニュースで大事な話が放送されるというのです。それはまぎれもなく、天皇陛下の無条件降伏の放送でした。私達には何のことやら、お言葉そのものの意味が理解できませんでした。戦争に負けたんだと後で知りました。戦争は終わっても、父親は帰ってきませんでした。母はその分働いて、さつまいもで飴を作って行商に行ったのを覚えています。

私達は三年生になり、男女共学になりました。その頃やっと父親がシベリヤから帰ってきました。骨と皮だけが軍服を着ているような、見窄らしい身なりで玄関に立っていました。すぐに死んじゃうんではないかと皆が心配しましたが、平成元年の一月まで生きられました。母はその三年前に亡くなりました。

もう戦後ではないと言う人達もおりますが、本当にそうでしょうか。あれから七十年経ちました。二〇一一年には、東日本大地震と津波により、我が故郷の原子力発電所から放射能が発散しました。六年経ちましたが、何十年も、戻って仕事は出来ないという話です。

戦争も、地震に伴い起きた原発事故も、私にとってはどこが違うんだろうかと、考えてしまいます。

この世界から、核や戦争のない国をつくって欲しいと望んでいます。

大きな火の玉

城取　正子

私は戦時中、中野区大和町に住んでおりました。

ほとんど集団学童疎開で田舎に行ってしまい、私どもは東京残留組として、近くのお寺で勉強し、食べるものもろくになく、夜になると空襲警報で近くの川べりまで避難しました。

毛布にくるまりながら、焼ける町や、大きな火の玉となって落ちてゆく飛行機をながめた思い出が、今も目の底に焼きついております。

横穴の防空壕

前園　俊昭

1943（昭和十八）年、母も参加しての主婦たちのバケツリレーによる防火訓練を私は見たが、後の空襲で残していた家財道具を失った。空襲前に父を残して家族三人で東京（東急目黒線沿いの荏原の借家）から、鹿児島県薩摩郡樋脇町（杉馬場、薩摩川内市）の実家へ疎開。食料は母が母の実家（農家）や母の姉妹（農家）から分けてもらうことが多く、不十分な配給でも何とかしのぎました。食糧難の中で助かりました。ありがたく思っています。味噌、煮干し、サツマイモなどが常食、ご馳走は卵と鶏肉で年一、二回程度食べました。

1944（昭和十九）年、樋脇旧国民学校（小学校）入学、防空の教育を受ける。学校の門には将校（?）一人がいました。杉馬場の集団登校全員が門に入って横に並び、前にある天皇皇后両陛下の写真に頭を下げました。その姿を将校が見て、悪いと判断すれば、その場で怒鳴られて全員立ちんぼ、そこで、全員で遅刻をやってみようと、通学路の県道と川との間にある平らな空き地で、枯れ枝などを集め火をつけて暖まり、火を消して県道を走りました。遅刻したので将校を怒らせましたが、先生は無言でした。学校用に、近くに横穴の防空壕が作られ、通学路も空襲を避けるために山沿いに変更されました。

１９４５（昭和二十）年二月、父（三十二歳）が徴兵令状（赤紙）で旧満州（中国東北部）、旧新京（長春）の旧関東軍野戦自動車部隊に入隊。その後、疎開先の鹿児島県に北海道の旧陸軍部隊がきて、ニシン干しをくれたことがありました。武器は見たことがありませんでした。

上空には毎日、米国空軍のB29爆撃機約１００機が北九州方面へ飛んでいきました。四月頃から毎朝空襲警報で、学校に行けず防空壕へ。夜になって帰宅。防空壕は隣の横穴も共同で借りていました。米国航空母艦から飛び立った戦闘機が、住民を徹底的に殺すようになり、鹿児島市や川内市も爆撃され、空が赤く染まるのが遠くから見えたと聞きました。そして、新型爆弾（原子爆弾）が落ちたと知りました。

八月十五日の敗戦前後は、ラジオで重大放送があるから聞くようにというわけで、空襲もなく、人々が集まりました。私は七歳。戦争に負けたらしいので、女性と子供は山奥に避難したらとの話も出ましたが、母の聞いた話では米軍兵士が子供たちにチョコレートや缶詰を無料で配っているというのです。水田で作業をしていると、兵士から赤い腰巻きに目をつけられ、仕方なしに渡していました。実家の前の県道では、米軍軍用軽車両ジープが機関銃一台を乗せて、軽快に走り去って行きました。当時の木炭バスが坂を上がるのに乗客に押し上げてもらったという話を聞いていたものですから、私はジープが大好きになってしまいました。

先生の指示で、教科書の軍国色の部分を墨で消したら、読むところがなくなってしまいました。戦争中に生まれて、やっと終わった戦争。なぜ戦争をするのだろう。しかも、先生はコロコロ変わるので信頼できません。復員の先生と代用先生の交代か、または追放なのかわかりません。

疎開先の実家には広い池があって鯉を飼っていましたが、ある日池が土砂で潰れてしまいました。するとたくさんの人が来て、数個のバケツに鯉を入れました。その内の一個のバケツにいっぱい入った鯉をもらって食べました。土地は借りていたので仕方ありませんでした。

一九四八（昭和二十三）年、シベリア抑留された父が旧ソ連（ロシア）の軍港ウラジオストックから、やっとのことで、ナホトカ経由で京都府舞鶴に帰還しました。七月二十九日でした。父は雪焼けで肌が真っ黒、南方からの復員者より焼けていたので話題になりました。これでソ連の独裁者スターリンから解放されたわけでした。父の話によると、敗戦後、引き揚げ中に平壌（北朝鮮）でソ連の捕虜になり、シベリヤ鉄道に乗せられてヨーロッパに入り、南下してトルコに近いコーカサスのグルジア共和国、トビリシに抑留されたということでした。気候は九州並みの暑さでしたが、それから日本の海軍基地ウラジオストックに移され、今度は零下20度の寒さの中でさかなを運んでいたといいます。

私も三年ぶりに父に再会して安心しました。それまでは寂しい思いでしたが、これでようやく東京に住めるので、とても嬉しく感じていました。

8歳

肌身離さず肩から掛けていた防空頭巾　藁谷　恭子

軍艦から銃弾をあびる　北田　則行

栄養失調で「壊血病」　柳瀬　國子

勉強は近くの集会所　高橋　トキ子

現人神と教わった天皇陛下　藁谷　昭敬

肌身離さず肩から掛けていた防空頭巾

藁谷　恭子

昭和十九年、六歳の私は父母、四人の兄弟と千葉県木更津市に住んでいた。日増しに戦争色が濃くなり、生活物資の不足に不自由な生活を強いられていた。母親たちは出征する兵士の見送りや、防火訓練などに明け暮れていた。

四月、国民学校に入学した。

今のようにカラフルな文房具類はなく、カバンの中には石板と石筆、数冊の教科書が入っていた。最も大事な持ち物はいつも肌身離さず肩から掛けていた防空頭巾だ。どこで何をしていても、けたたましく鳴り響くサイレンの音が聞こえるとそれを被り、校庭の片すみに掘られた防空壕に逃げこむ訓練を何度となく繰り返したものだった。機銃掃射から身を守ることも教えられたが、実際に危険に遭遇することはなかった。

授業の内容は振り返ってもあまり思い出せない。ただ一つ、教科書の中の一文、「コウリャン　カッテ　ヒロイナー……」（満州国の記述）のくだりが脳裏に蘇った。なぜか理由はわからない。よほど美化されて描かれていたのだろうか。教科書の内容で時代背景がよく分かるものだ。

当時、出征する兵士に「千人針」というものを送った。無事を願って白い布に赤い糸で一人一つずつ玉結びを作るのだ。私も子どもながらに心を込めて参加した。どの世代もできることで戦争を支援する機運が高かった。

昭和二十年三月、戦局も次第に厳しくなり、私たち家族は母の生家である君津郡佐貫町（現富津市）に引っ越した。

山間の田舎町なので静かな暮らしは保たれていたが、若い人が次々と召集されるのはこの地も同じだった。後に見た真新しい卒塔婆が立ち並ぶ墓地の光景は、今も目に焼きついている。

このあたりは海岸に近く、松林が広がっていた。太い松の幹にはガソリンの代用としての松根油をとった痕跡が残っていた。実際に役に立ったかどうかわからない。分かるのは資源不足がそこまで逼迫していたことだ。

四月、国民学校二年に転入した。

おくにのためにと戦争に繋がる教育だったことに変わりはないが、教室の中は平和で楽しい日々だった。東京大空襲も、沖縄決戦も、原爆も、わが身として捉えてはいなかった。

そして迎えた八月十五日、学校でクラス担任から日本の敗戦を知らされた。日本は絶対に負けることはないと信じて疑わなかった私には大きな衝撃だった。後に、教育の影響力を考えるきっかけになる体験だった。

この戦争にはどのような意味があったのだろうか。戦争体験世代とは名ばかりの私は文献を読んだり資料館を訪ねたりする程度の乏しい知識、体験だが、其の中に戦争を肯定する要素は何一つない。得た結論はゆるぎない不戦の誓いである。

軍艦から銃弾をあびる

北田　則行

昭和二十年八月十五日、第二次世界大戦が終わる。当時天皇陛下の「お言葉」を多くの大人の人達と一緒に聞いていたことを思い出します。

昭和十二年生まれの、国民小学校三年の自分を想像いたします。

北海道小樽市生まれの国民小学校二年の記憶は、自宅の二階の窓から屋根へ出て、うずくまりながら、港の銃撃戦を見ていたことを思い出します。小樽は三方面が山に囲まれ、灯台に見守られた港であり、狭くて空襲するのはむずかしい地形で、すぐに港に出てしまいます。港の小型の軍艦から銃弾をあびることになり、三方の山からの攻撃もあり、空軍機が落下するのを見たこともありました。従って大きな爆弾を落とされることも無く、恵まれた生活があったと思います。

然し日本中が食糧難の時代で、私も両親の出身地、空知郡の上富良野へ疎開しました。疎開先には、食糧不足のためか、女学生の農業補助が行われており、各地からも多数の方々が出ていて、一緒に生活しました。良い経験でありました。

上富良野郡は米の産地で、戦争の空襲もなく、静かな生活であったと感謝の気持で一杯であります。しかし、今の世の中と比べると食料、衣類等々不足しているものばかり。今の世界で生活している人達も少しは考えていただきたいと思います。

雑な言葉で失礼ですが、戦争の思い出、恐怖の思いを少しでも伝えることが出来ますれば感謝です。ありがとうございました。

栄養失調で「壊血病」

柳瀬　國子

もう七十四年も前のことの仔細を全て覚えているわけではありませんが、昭和二十年夏盛りの八月十五日、ご近所の方々が「今日のお昼にラジオ放送で天皇陛下のお言葉があるので」と言って我が家の座敷に集まって来られました。正午になると、陛下のお言葉で「朕思うに…」という言葉が耳に届きました。よく解らなかったのですが、戦争が終わったと悟りました。「負けた?」とも言えない妙な雰囲気だったことを覚えています。

当時、私は福岡県久留米市の高良山の麓にある御井小学校の三年生でした。久留米市には師団が配置されていたこともあり、毎日毎日敵機襲来で警戒警報、空襲警報のサイレンが鳴り響く度に、畑の中を逃げながら帰る日々でした。帰り着くや否や、薄暗く湿っぽい防空壕に駆け込みました。夜も毎日防空頭巾を被り、モンペ姿のまま床に就かされ、いざという時すぐに逃げ出せるようにしていました。軍用品を作るために、家庭にある金属類は全て供出させられてしまい、家では代用品で凌いでいました。例えば、弁当箱は割竹でした。大人たちは、子どもたちをどうやって育て、どうやって守っていくか、大変苦労したことを後に知りました。

終戦宣言で、このような状況に一応の終止符が打たれたものの、戦争中の食料不足、食糧事情の片寄りなどの影響も大きく、私も終戦直後に突然大量の鼻血が出て止まらず、全身に紫色になった血管と赤色の血管が並ぶ内出血状態となってしまいました。救急車などない時代、近所のお百姓さんに頼んで、ダットサンに乗せてもらい久留米大学病院に入院して、電気吸引機のような機械で鼻血を取り出して止血してもらいました。正に地獄の思いでした。ビタミンC不足による栄養失調で「壊血病」という診断が下されました。六年生になる迄の三年余り、ビタミンCの注射を打ち続けながら、食事改善ということで、嫌いなトマトやホウレン草をお百姓さんから手に入れて食べる努力をして、少しずつ治していきました。お陰で、徐々に元気になり、院内散歩もできるようになりました。そんなある日、病院の標本室に迷い込み、ホルマリン漬けになった人体の標本をたくさん見てしまい、大人たちに見つかって叱られました。その夜は怖くて眠れず、発熱して苦しんだ記憶があります。

戦後も食糧事情は厳しい状況が続き、例えば、生徒各自に雑草を採集させて学校に持ち寄り「雑草パン」にしていましたし、丸塩、白砂糖、乾燥卵の顆粒などもみんな配給でした。受け取った砂糖をこっそり椿の葉ですくって舐めるのが楽しみでした。子どもはいつの時代も自分でささやかな楽しみを見つけるものですね。私自身は直接的な戦禍に見舞われた訳ではありませんが、それでもこのように様々な影響を受けることは避けようもありません。

そのような状況下にあっても幼き当時の微かな良き記憶も残っております。久留米市に疎開する前は、兵庫県芦屋市の本山小学校で一、二年生を過ごしました。戦時下とはいいながら、ここではビスコ、チョコレート、キャラメル、マーブルなども配給食料の中に入っていました。今でも美味しい味を身体が覚えています。しかし、久留米市に疎開してからは、戦禍に巻き込まれる恐れで様変わりしてしまいました。

戦後は様々な変革が行われました。日本紙幣のデザインも一新され、旧紙幣は回収されました。新十円札は、裏側を折り曲げると日本が米国に鎖で繋がれているようだと言われていました。戦争は、戦闘で直接的に破壊と破滅を招くのみに留まらず、極めて広範囲かつ見えない領域にまで耐えがたい影響を招きます。私は単に運よく生き延びて来たのかも知れませんが、戦時下に責任のない幼少期を送った身としては、同時代に私たちより遥に大きな苦難、苦悩を味わった人々の事実を見聞きするにつけ、体感の濃淡は戦争の事実をも風化させていくのだろうか、と気に掛かります。戦争の現実感に乏しい後世の人々のためにも、事実や実態を広範囲に亘って、いつまでも公知にし続けることが益々大切になることと、想いを新たにしました。

勉強は近くの集会所

高橋　トキ子

私は秋田県生まれです。

戦争当時は国民学校三年生でした。学校には兵隊たちが大勢来て、勉強はできませんでした。勉強は近くの集会所などに行ってしまました。勉強と行っても、近くの山へ行って、兵隊さんたちに食べさせるためのドングリ拾いでした。

空からいつＢ29が飛んでくるか、毎日心配で、勉強どころではありませんでした。

八月十五日。敗戦を知らせるラジオを聞き、子供ながらにほっとしたことを覚えています。

教科書が足りないので、皆で回し読みをした覚えもあります。

当時のことを考えると、今は、天国です。

現人神と教わった天皇陛下

藁谷　昭敬

昭和二十年八月十五日、この日は忘れることのできない日である。

上級生たちと学校専用の防空壕の補強材を山に切りに行って帰ってみると、どうやら戦争に負けたらしいと大人たちが話しているではないか。噂の発信源は、部落で唯一の店舗のおじいさんという。「それは本当の話か」、「そういうことを話す人は非国民」などと言っているうちに三時のニュースを聞くこととなる。

当時田舎では、ラジオをどの家でも持っていたわけではない。近所の人々がわが家に集まり、玉音放送を聴き、噂でなく敗戦を現実のものと受けとめた。「耐えがたきを耐え、忍びがたきを忍び…」という天皇陛下の声を悔しさの中で初めて聴いたことを記憶している。

連日、B29やグラマン機が爆弾を落とし、機銃掃射をして我が物顔に日本の上空を飛びまわっていたのが、この日を境にぴたりとやみ、その日か数日後か定かではないが、日本の複葉機が飛んできたのを見た。誰ともなく、敗戦を知らせに飛んできたなどと言っていた。

八月二十五日、学校が始まる。学ぶことは様変わりし、教科書は大切に使うことを厳しく話していたのに、黒塗りをさせられて別の言葉を書き加えさせられた。修身はなくなり、「気を付け」、「前倣え」、「廻れ右」などという号令も言わなくなった。占領軍の意思を付度し、文部省の役人が通達したのかもしれない。

校門の傍らにあった奉安殿（天皇陛下と皇后陛下のご真影や教育勅語を納めた建物）に一礼することも、皇居遙拝もしなくなった。

日本ヨイ國　キヨイ國　世界ニヒトツノ神ノ國
日本ヨイ國　強イ國　世界ニカガヤクエライ國

という歌も歌わなくなった。現人神と教わった天皇陛下が自ら人間宣言をなされたのも、間もなくであったように記憶している。

戦後の歴史教科書『くにのあゆみ』には、天皇や神話の世界はすべてなくなり、貝塚、石器、土器などの記述から始まり、「天皇ヲ以テ現人神トシ、且日本國民ヲ以テ他ノ民族ニ優越セル民族ニシテ、延テ世界ヲ支配スベキ運命ヲ有ストノ架空ナル観念ニ基クモノニ非ズ」という、天皇のお言葉も載っていた。

（平成二十九年八月二十五日記）

9歳

輸送船にて戦死　廣川　佳良子

富山湾大空襲　土田　豊

何でそう言えないわけ？　浅香　須磨子

三、四年生は集団疎開　板良敷　智代

「戦争放棄」は特にすばらしい　高橋　良子

輸送船にて戦死

廣川　佳世子

昭和二十年八月十五日は、疎開先、新潟の親戚の家で敗戦を知りました。私は九歳でした。

遡ること、昭和十八年四月一日。当時大阪で父（三十三歳）、母（三十歳）、私（七歳）、妹（一歳）の四人で平和に暮らしておりましたが、父に軍の召集令状がきました。一度面会に、福知山まで行った時のことは、今でも鮮明に記憶に残っております。

わずか三ヶ月後、昭和十八年七月二十二日。父は「ソロモン群島、ボーガインヴィル島、ナキ沖で、輸送船にて戦死」。

昭和二十年三月十三日は大阪大空襲。この日は頻繁に空襲警報のサイレンが鳴り響き、Ｂ29が次から次と頭上を通り過ぎていました。その度に、タタミの下の防空壕に逃げ込みました。その内、突然メリメリと音を立て、焼夷弾が足元に落ちてきました。急いで外に出てみると、家の中は火の海。母、私、妹は火の雨の中を必死で逃げ、街はずれの広場に避難しました。夜が明け、家に戻ると一面の焼け野原になっていました。母は妹を背負い、荷物と言えば風呂敷包み一個でした。そのまま新潟の親戚を頼り、疎開。まもなく住む所を探し、六畳一間、囲炉裏とトイレは小屋を借りました。飲み水はお隣の井戸水を貰い、家に運び、水がめに、明かりは手燭の灯火、暗くなると早々と布団で暖を取り、母のお伽噺を聞いたり、童謡を毎晩よく三人で歌ったりしました。

母は近所の畑仕事や、田んぼの手伝いもし、そういう日は、夕食とお風呂を親子三人頂いて帰る…という有様でした。母はずいぶん肩身の狭い思いをしたことと思います。

又、雑貨、駄菓子を仕入れ、お米と物々交換し、そのお米を、私もリュックに詰め、母と現在の新潟駅周辺で現金に換えていました。当時、闇米の一斉取り締まりもありましたが、常習ではないとみられ、何度も没収は免れました。

昭和二十六年三月。新潟から大阪に戻る決心をします。住宅の問題で、大阪、奈良、片田舎の京都と、転々としますが念願叶い、大阪市営住宅に落ち着くことが出来ます。しかし生活は苦しく、私の高校三年間は奨学金を受け、学校の斡旋で、土、日はアルバイトをしていました。

これは、昭和十八年から三十年迄のことですが、此の度、長年忘れていたことを再確認する良い切っ掛けになりました。有り難うございました。

最後に…。

我々、戦争を知る最後の世代は、「決して戦争をしてはならない」という強いメッセージを、戦争を知らない次世代に託さなければならない！　と思っております。

富山湾大空襲

土田　豊

庭に出てたたずんでいる。間もなく遠雷のような音の響きがして真上を仰ぐと、青く澄みきった空に白く機体を浮かせた旅客機が、西の方向にゆっくりと飛んで行く。あれから七十年以上も経ってしまっているのに、空中を飛ぶ飛行機を見ると、時々思い浮かんでくることがある。昭和二十年八月一日、私は国民学校四年生（九歳）であったが、その日の夜の米軍機による富山大空襲のことを今も鮮明に覚えている。

暑い夏の一日がくれて、いつものように家族五人と疎開してきていた叔父の家族四人で夕食を終え、燈火管制のうす暗い中ですることもなく、蚊帳を吊って寝てしまっていた。どの位経ったかわからないが、父親か母親が兄と私を大声で起こしたのであろう、目を覚ますと空襲警報のサイレンがけたたましく鳴っていた。それまで何度も警戒警報のサイレンを聴いていたが、間もなく解除され何事もなくすんでいた。ところが、その夜のサイレンの音は特別で、恐怖に怯え叫ぶような感じであった。たたき起こされすぐ、家の敷地内に作られた防空壕に無我夢中で避難した。それから間もなく、母親が二歳年上の兄と私二人にそれぞれ一つずつの風呂敷包みを背負わせ、ここに居ては危ないからということで、家の裏の道で少し行くと水田の真ん中をほぼ真っ直ぐに北に延びている田んぼ道を、その北の方向に逃げるように指示した。何故、防空壕では駄目なのかはすぐにわかった。我が家の三軒先の家から火の手が上がっていて、かなりよく燃えていた。焼夷弾の直撃を受けたようだ。

兄と私は言われた通り裏の道に出て、真っ直ぐに田んぼ道を富山湾の方面に走った。田んぼ道に出てみると何人かの村人に会ったが、それが誰であったかはもう忘れている。一キロか一・五キロ程走って逃げて、ふと立ち止まって東の方に目をやった時の驚きは忘れられない。巨大な照明が広範囲にその全体を照らし出して、真昼のように明るくしていたのだ。富山市のほとんど全域にわたって焼夷弾を撒き散らし、爆弾を投下し火の海としていた。

次の瞬間、上空を見上げた。真っ暗な夜空にくっきりと白く自らの機体を晒しながら、悠々と北西方向から南東に向かって飛んでいるB29爆撃機の姿がそこにあった。ひっきりなしにその腹部から白く光るもの（爆弾）が落ちて来ていた筈だが、そのことははっきりしない。唯B29爆撃機が三機の編隊を組んで、続々と何組も続いているのを、茫然として兄と二人、一言も口をきかずに眺めていた、三機は先に一機がそれに続いて、左側と右側にそれぞれ一機が正三角形の形でゆったりと飛んで行く姿が、今もはっきりと脳裏によみがえる。

大きくなったら何になると誰かに問われても、迷わず軍人になると言っていた軍国少年だったが、あの時はそれが敵国の爆撃機だとわかっていながら、憎さや口惜しさなど敵愾心も湧かず、唯々我を忘れて見つめていただけだった。どの位の時間が経ったか、機影が消えてから暫くして家に帰ったはずだが、全く覚えていない。

何でそう言えないわけ?

浅香　須磨子

敗戦時、九歳、国民学校四年生。三重県津市丸ノ内に居住。

大東亜戦争の始まりは昭和十六年十二月八日、私は五歳十ヶ月。翌年昭和十七年四月に三重師範附属津国民学校に入学した。第二次世界大戦に日本はハワイ攻撃で参戦し、国内ではその戦争を大東亜戦争と呼び東亜五族共栄のための聖戦と称していた。

当時の私の記憶は、いつも散髪してもらっていた床屋さんで、近所のおじさんやおばさんたちが、大声で「真珠湾で日本が勝った、大勝利だ」と口々に話していたこと。「シンジュワン?」って何?　どこにあるのだろう?　大勝利だったらチョウチンギョウレツするのかなあ?　でも提灯行列はなかった。

我が家は『朝日新聞』をとっていたが、ありがたいことに当時の新聞にはルビが振ってあって、新聞の見出しで「宣戦の詔勅」を知った。母はおろおろした様子で声を殺して「須磨子、えらいことになったなあ」と言った。近所の人たちは大喜びしているのに不思議だった。母は満州に単身赴任中の父のことを考えていたのだ、と思い至ったのは私の成長後のことである。

当時の小学校は、開戦後に国民学校と名称が変った。私は昭和十七年四月に国民学校の一年生になった。私たちは国民学校に入学した最初の学年であり、初年度から徹底した戦争教育を受けることになったのである。

「シンジュワン」で始まった私の戦争は、「奉安殿―ホウアンデン」・「勅語―チョクゴ」・「御名御璽―ギョメイギョジ」・「国旗掲揚、国歌斉唱―ヒノマルケイヨウ、キミガヨセイショウ」・「大詔奉戴日―タイショウホウタイビ」・「二宮金次郎―ニノミヤキンジロウ」・「小国民―ショウコクミン」・「現人神の赤子―アラヒトカミノセキシ」などなどの言葉の羅列であった。ほとんど何のことやら分からないまま言われたとおり行い丸呑み込みしていく毎日で、正直に言って学校はつまらなかった。

日本のお伽噺や昔話、アンデルセンやグリムの童話などを読みふけるのが好きだった私は、授業中にも、ボーっと自分がもし白雪姫だったら……などと白昼夢にふけり、先生の話を聞いていないとよく叱られた。反抗的と見られていたのか、付けられた成績は酷いものだった。勉強はみんな知っていることばかりで退屈だっただけなのに。

昭和十八年、国民学校の二年生の秋頃まではそれでものんびりしていたものだった。

天長節・地球節・紀元節・神嘗祭・新嘗祭などの記念日には全ての家が門口に日章旗（日

の丸）を掲げ、子どもたちは登校して、皇居遥拝し校長先生の勅語の奉読を直立不動の姿勢で聞いてさえいれば、その後の授業は無く家に帰れて嬉しかった。

しかし授業は算数も國語も図画や音楽もシッカリあった。

二年生の間に掛け算の九九を全部覚えなければ三年生にはなれないぞ、って先生は厳しかったが、一年生の時の担任と違って愉快な先生であった。

日本は陸海空のどの方面軍も大活躍で連戦連勝、破竹の勢いで進撃しているという報道に、酔いしれていたらしい。私たち銃後の少国民は身体を鍛えて元気でいれば良かった。

しかしその頃、日独伊の枢軸国の一つドイツのハンブルグがアメリカのカーチス・ルメイの指揮の下、絨毯爆撃で灰燼と化していたのだった。私たち子どもだけでなく全ての国民には皇軍の輝かしい戦果だけが語られていた。でも、その頃から、私の大好きなバナナやパイナップルの缶詰が「手に入りにくくなった」と母が言い、オヤツからチョコレートも消えていた。炭や薪が配給制になり、重い薪の束を家まで運んだ記憶がある。

十月から冬の制服に変わって間も無く父が満州での仕事を辞して帰国した。

母も私もただただ嬉しかった。それまでは昭和十六年八月に生まれた弟と私と母の三人暮らしで心細かったのだ。なんで父が仕事を辞めて帰国したのか、そんなことは当時の私にとってはどうでも良かった。父自身の抱いた危機感・彼の思想性の問題・母の強い帰国要請などが絡み合っていたに違いない。中国の抗日戦が激化してきた時期でもあった。

その父が日本での仕事で東京に行くという。

「お父さん、もう何処にも行かないで、ここに居て！」

泣いてしがみついた。

「大丈夫、大丈夫、どこにも行きゃあしないよ」と私をなだめておいて、父の姿は翌朝には無かった。怒り狂う私に母は「お父さん、すぐに帰らはるわ」と微笑んでいた。

数日後厳しい顔つきで帰宅した父は、そのまま津にあるガス会社の総務課で働くことになって私は安堵し、母は最初からそうなることを予見していたように落ち着いていた。

その頃すでに東京の様子に只ならぬものを父は感じたに違いない。幼い私達を連れての東京暮らしは無理だと判断して諦めたのだと思う。学徒動員令・学生生徒の徴兵猶予停止、中学校の一年繰り上げ卒業、が定められた秋であった。

夜のうちに父が居なくなることに懲りた私は、父の部屋に自分の布団を持ち込んで枕を並べて眠ることにした。灯火管制が始まって黒いカーテンでガラス窓や玄関を覆い、天井の大きい電灯を消して枕元のスタンドを低くし父は床の中で雑誌を読んでいた。私も真似をして「むかしばなし」などを読みながら父を見張っていたつもりなのに、すぐ眠ってしまい、朝になるともう父の床はもぬけの空で、雑誌だけが残っていた。

「お母さん、何で、お父さんは毎晩毎晩、同じ『改造』と『中央公論』ばっかり読んでいるの？」と母に言うと、母は自分の唇に人差し指を縦に当て、声を小さくし、

「そんなこと大きな声で言うたらあかんに、よそに行ってほかの人に喋ってもあかんに、怖いことになるんやに。」

母は生涯、生まれ育った在所の伊勢言葉で話していた。

「どうして？」

「アカやて言われるとな、刑務所に入れられてしまうんやに、刑務所で死ぬ人もあるんやに、お父さんがそうなったらどうする？」

私は絶対口外しないと心に誓ったが、内心では「お父さん、赤い色でも青い色でも無い、黒人は知っているけれど、赤人って見たことないなあ」と思っていた。

年が明けて昭和十九年、二年生の三学期、私の組にも東京から疎開の転入生が一人。彼女は背が高くスラリとして西洋人形のように綺麗だった。ややハスキーな甘いアルトで美しい標準語を話した。父が帰国して私の家にもラジオを置いたが、そのＪＯＡＫの報道員と同じ話し方だった。彼女は自分自身のことはほとんど何も話さなかったけれど、組のお話し会で順番が回って行ったときに、小泉八雲の『耳なし芳一』を話した。上手だった、感動した。やられたーって思った。あの田村さん、今はどうしているだろう？

私の旧姓は伊達。出席簿順で次が私、怖ーい話し続きで行こう、お菊さんがお皿を一枚二枚、話している途中で鐘が鳴ってそこまで、となった。続きを話すことはなかった。

昭和十九年春、四月、新三年生になった。組み替えが行われて、女子組、男子組となった。お話し上手の田村さんの姿は無かった。また、転校していったんだって。あまり幸せそうで無かった面影が今も焼き付いている。勉強も良く出来たけれど、彼女の笑顔を見たことなかった。噂では、お父さんはとても偉い軍人だったとか、だから無試験で附属に編入できたんだとか。

女子組には新しくお裁縫の時間が加わって、自分の名前入りのお裁縫箱やら運針布を持つことになった。少し大人に近づいたたようで誇らしかった。私、お姉さんよ。

男子はお裁縫ではなく銃剣術の時間が新しく増えたようだった。

「私、チャンバラごっこ好きなのに、どうして男子だけ？」

「女子は四年生から薙刀が始まるんだって。」

「それに教育勅語の暗記もだってさ。」

三年以上高等科二年までの男子の銃剣術と教練のために軍刀を下げ、ピカピカの皮の長靴を履いた軍人さんが来校していた。もの凄く厳しくって怖い、ちょっと姿勢が崩れても殴られるんだと男子の話。おでこや頬っぺたに赤あざやら擦り傷をつけて廊下に立たされていたり、両手に水の入ったバケツを持って直立不動していたり、やっぱり、男子の話は本当だったんだ。来年四年生になって薙刀を習う楽しみが半減してしまっていた。

近所の青年団のお兄さんたちに赤紙が来て、次々と出征していった。

いつも散髪してくれていた床屋のお兄さんのところにも赤紙が来た。髪結のおばさんと母子でやっている床屋さんだった。おばさんは私の家に来て母と手を取り合って泣いていた。目を真っ赤にし声を潜めて泣いている。私は襖の隙間から黙って眺めていた。

「たった一人の大事な子を兵隊に取られる。生きて帰られへんかもしれんのに。」

在郷軍人会、国防婦人会のおじさん、おばさんたちが口々に「おめでとうございます」、「男子の本懐、一家の誉れ」などと言い、大きな日の丸の旗に墨で黒々と「武運長久」と書き、皆がそれぞれに何か書き込んだ。婦人会のおばさんたちは街中のあちこちで何人も並んで千人針に立っていた。特に出世兵士の身内の女性たちが熱心であった。これをお腹に巻くと敵の弾に当たらないのだという。肉親の安全を祈願してのことであろう。

母も、求めに応じて丁寧に心を込めて、結び留めを一つ作った。

「私にもできます。」

「そう、じゃあ、お願いね。」

学校のお裁縫で習ったばかりの結び留めを真剣に作って、お姉さんに返した時、「お嬢ちゃん、お上手ね、有り難う」といったお姉さんの顔は泣きだしそうだった。

次々に差し出される千人針に一つずつ結び留めをしていく中で、一人で何回も沢山の結び留めを刺している人がいた。千個集める大変さを考えれば、私ももっと何個も刺してあげられたのに、と母に言うと、母は「あの人はきっと寅年の人やろな、昔から虎は千里行って千里帰るというて縁起が良いのやわ、兵隊さんが無事に帰ってくるように祈って、寅年の人は、自分の年の数だけ刺して良い事になっとるん。」

「ふーん。」

毎日のように出征兵士を見送る集まりがあり、「粉骨砕身、お国のために戦って参ります。」「お国のために散るのは、もとより覚悟、靖国で再会いたします」と元気一杯大声で挨拶し、寄せ書の日の丸をたすき掛けに結び、お腹に千人針の腹巻きをして、〝勝ってくるぞと勇ましく、誓って故郷を出たからは、手柄立てずに死なりょうか……〟の歌声の中を駅まで行進して行った。小さな紙の日の丸を打ち振りながら見送った。

「万歳！　万歳！　バンザーイ！」

まさに〝歓呼の声に送られて、いまぞ出で立つ父母の国、勝たずば生きて還らじと……〟である。

「本当は死なせたくないのに、本当は死にたくないのに、どうして本当のこと言わないのだろうか、自分の子に死んで来いなんて本当に親はそう思っているんだろうか？」

「あの人たちのお母さんや姉妹は何のために千人針刺してもらったん？」

私の素直な気持ちを母に話すと、普段は穏やかな母が形相を変えて、

「そんなこと言うたらあかん、今お国に背くようなことを言うたらどんなことになると思っとるの、国賊やと言われて特高にしょっぴかれ、拷問にかけられるに。兵隊に行くの嫌やって逃げた人はおるらしいけど、類は一族に及んだそうやに。言うたあんただけやな

い、お父さんもお母さんも弟やお祖父ちゃん、お祖母ちゃんも、みんなそういう目に会うんやに。絶対に言うたらあかん。二度と口にしたらあかん。」

あの母がそう言うのだ、母の言いつけは絶対だった。お母さん大好きだったし。

でもお母さん、床屋のおばさんと一緒に泣いてたのに、そのことも言ってはダメなんだ。拷問って石川五右衛門みたいに釜茹でになるのだろうか、別に泥棒をしたのでもないし、嘘ついたわけでもない、自分の本当の気持ちを言っただけなのに。

生きて帰って来い、絶対に死んだらあかんと、何でそう言えないわけ？

学校の修身では「嘘をついてはいけません、正直の頭に神宿る」と習うのに、世間では一族郎党が命を懸けてでも正直なことは言えなかったのだ。大人って、お国って、戦争って不思議？

三年生になってから制服がスカートでなくモンペに変わった。モンペの裁ち方、縫い方が書いてある紙が婦人会から回覧され、母たちは私たちより先にモンペを着ていた。隣保班単位の消火訓練、防空演習に出る時に着ていないと吊るし上げを喰うらしい、「酷いこと言われるのはかなわんでな」と。

母のちょいちょい着、綺麗な絣模様の銘仙を解いて、私のモンペを夜なべで縫い上げてくれてあった。お揃いの防空頭巾も一緒に。朝目覚めてその可愛らしいモンペを見て嬉しかった、でも、お母さん、あの着物とてもよく似合っていたのに、もうその着物姿、見られへん様になるんやなあ……。

　母の指に綺麗な指輪を見る事が無くなった。私の好きなのは紅いルビー、大きくなったら頂戴ねという私に、「あんたがお嫁さんに行く時になあ」と母。

　父が言う。

「貴金属の提出をしなければ成らなくなって、お母さんの指輪もお父さんの日本刀も、お前がお嫁に行く時に持たせてやる護刀も全部供出しちゃったんだよ。」

「じゃあ、もう無いの？」

「うん、もう無いよ、後ろの押入れ開けてごらん、そこにゴロゴロしてた金の茶釜も無くなってるだろ？　本当に惜しいことをしたよ、アッハッハア。」

　父は冗談が上手い、重苦しい時代であっても、我が家はよく笑っていた。大の落語好きで古今亭志ん生ファンであった。私もガーピーいうラジオにしがみ付いて八ッつぁん熊さんを聞いていた。

　確かに母の着物箪笥の底にあった黒塗りの美しい短刀は無くなってしまっていた。

「お父さん、兵隊さんになって出征する時に刀ないと困らないの？」

　将校さんが応召される時、みんな立派な日本等を腰に下げているのを見ていた私は、思わず叫んでしまったが、父は笑って、

「お父さんは丙種合格だし、将校でも無いし、もう歳だからね。応召することはないよ。

お父さんに赤紙が来るようじゃ、日本もいよいよ負ける時だよ」って答えた。すぐに低い厳しい声で母が「お父さん！」と咎めるように言いかけるのを遮って、

「私誰にも言わないよ、私誰にも喋らないから、日本負けるなんて絶対言わないから。」

父の枕元から『中央公論』、『改造』がいつの間にか消えていた。いずれの編集者も検挙拘束され、両誌の廃刊勧告が出ていたのだということは大人になってから知った。当時、父にはこの戦争の結末に何か予感するものがあったのではないか、と今にして思う。

新聞の夕刊が廃止となり、さらにお砂糖の配給がなくなり、映画館が閉鎖になった。

近所の中学校や女学校のお兄さんやお姉さんたちが、学徒動員で学校ではなく毎日三重工業をはじめとする軍需工場に防空頭巾とお弁当を持って通うようになっていた。

「あんなに難しい入学試験に受かったっていうのに、毎日工場通いやなんてなあ、まるで女工さんやわ、可哀想に。スマちゃんも女学校受けるんやろ？　それまでに日本が勝つとええなあ」と、一人で細々と床屋さんを続けている床屋のおばさんが私のオカッパ頭を切り揃えながら話しかけた。おばさんは、日本が勝って息子さんが無事に帰ってくる事を願っていたに違いない。私は工場通いをすることは無かった、女学校に行く前に戦争が終わってしまったから。

十七歳で繰り上げ卒業をした男子はそのまま兵役に繰り込まれ、十七歳で繰り上げ卒業した女子は女子挺身隊にほぼ自動的に入れられた。特例は理系の大学や陸軍士官学校や海

軍兵学校に進学する男子、国策に従って結婚し「産めよ殖やせよ」に励む女子だけのようであった。十五歳、中学三年生から入れるのは陸軍幼年学校、〝七つ釦の桜に錨〟と謳われた海軍飛行予科練習生（予科練）で、それらに合格することは男の子たちの誇りであり、合格率の高さは学校の名誉でもあった。皆が競争で受験するような空気に満ち溢れていた。

私の従兄弟で十一歳年上の孔治さんも海軍兵學校に入学し、夏の休暇に我が家に遊びに来てくれた。真っ白な制服制帽に短剣を下げて、とてもカッコ良かった！　私を本屋さんに連れて行って『ひよこのお話』という童話を買ってくれた。父が、

「その本、大事にしろよ、孔治の形見になるかもしれんからな。」

「形見って？」

「来年九月に繰り上げ卒業って言ってたろう、そしたらすぐ出撃だぞ、生きては帰れんだろうな、それとなく別れに来たのかもしれん。」

「そうか、そうなんだ、私大切に読むよ。」

孔ちゃんがいる間、母は配給で無けなしの食料品を目一杯使って、いつもよりずっとずっと御馳走を作っていた。普段より美味しいものが食べられて、はしゃいでいたのは私だけだったのだ、大人は凄い、何も言わなくても別れをキチンと告げあっていたんだ。

街なかで、三段重ねのお重箱のような四角い箱を真白な布で包んで首から下げ、胸の前でしっかり抱いて歩いている人によく会うようになった。日の丸の旗に黒く長い布切れを

結び、壁に直角に垂らしている家を何軒も見かけるようになっていた。戦死者の存在が、子どもの私たちの目にも顕在化してきていた。

すでに二年生の初夏に真珠湾攻撃の英雄、山本五十六大将が戦死、すぐに続いてアッツ島の玉砕（玉砕って？　全滅っていうことだって！　みんな死んだってこと？　うん）、そして、ラジオから『海行かば』が流れ、学校でも『君が代』に並んで『海行かば』を歌うようになっていた。孔ちゃんもそうなるのかなあ。

〝海行かば水漬く屍、山行かかば草生す屍、大君の辺にこそ死なめ、かえりみはせじ〟

サイパン島もテニアン島も玉砕した。海行かばがラジオから流れてくることが当たり前になった頃、三年生の担任の東山先生に赤紙が来た。

東山先生は予備役の軍人さんだったとかで入営されるときは軍刀を下げ皮の長靴を履き、キリッとした表情で挨拶をされたのでびっくりした。教室での先生は優しくて大声など聞いたことはなかったし、叱る前に子どもの言い分を聞いてくれる先生だった。

「先生、死なないで！」

学校から泣きながら帰った。母が黙って抱きしめてくれた。

大都市では学童疎開が始まっていた。田舎に縁故のある人は自主的に個別縁故疎開をするように、縁故の無い三年生から上の子は、学校でまとめて集団疎開をするんだって。

二年の時に東京から単独で疎開してきていた田村さんを思い出していた。

でも私たちの学校は地域の学校ではなく電車通学生もいたりして、集団疎開はしない、各自で極力縁故疎開をするようにと言われていた、
「いざという時は、鼓ケ浦やなあ」と母。母の実家のある海辺の漁師町。
防空演習も、避難訓練も、灯火管制も、食品統制もどんどん厳しくなってきていた。
十月、制服が冬服に変わり、そろそろ冬支度という頃に、父に召集令状が来た。膝が震えるような、息苦しくなるような、「どうしよう、どうしよう」という思いだけが頭の中をぐるぐる回っていた。父は「ついに来るものが来たか」と言っただけで、黙々と入営準備を始めていた。浜松に住む両親や長兄に別れを告げに行ったり、会社での壮行会があったり、私はそれでも毎日学校に通っていた。母は入隊時に個人が携行する奉公袋を用意したり、指定された衣類などを新しく縫ったりして遅くまで夜なべをしていた。
父は、ブツブツと何か唱えているようであった、よく聞いていると、
一つ、軍人は忠節を尽くすを本分とすべし
一つ、軍人は礼儀を正しくすべし
一つ、軍人は武勇を尊ぶべし
一つ、軍人は信義を重んずべし
一つ、軍人は質素を旨とすべし
これを暗唱していかないと軍隊では死ぬほど殴られるのだ、と父はどこかで聞いて来た

らしく、一夜づけをしていたのだ。おかしなお父さん、子供みたい！　学校で先生が生徒を殴ることはあったけど、大人が大人を殴るなんて。兵隊さんをそんなに痛めつけたら本当に戦わなければならない時に役に立たないいんじゃない？軍隊って変なところ！　お父さん。絶対に殴られちゃダメだよ！

指定された連隊に入隊するまでの一週間はあっという間に過ぎてしまった。隣保での賑やかなお見送りも、勝ってくるぞの歌も無く、「駅には会社の部下の人が送りにくるからお前達は来なくて良い、子どもに風邪引かせるだけだから」、と一人でひっそり出かけていった。玄関先で、「須磨子、お母さんの言うことをよく聞いて！　元気でいるんだよ！　お母さんと二郎を頼んだよ！」と、そう言った。

あのお父さんが、頼んだよ、とそう言ったのだ。これはただ事ではない。まだやっと二歳の弟の二郎を寝かしつけてから母が泣いた、あんなに長く激しく泣いた母を見たのは、生涯であの時だけだった。

私は父が死にに行ったと思っていた、母も絶対そう思っていたと思う。

年の暮も近づいた風の強い夜、遅くにどんどんと戸を叩く音がした。外に灯りが漏れていて注意でもされるのかと思い玄関の戸を開けたら、暗闇に父が立っていた。幽霊だと思った！　母も腰を抜かすかと思うほど驚いた！　でも、ちゃんと足はあった、「ただいま」、と会社から帰って来た時と同じ声。一番落ち着いていたのは父だった。父は、「近づく本土決戦に備え、基幹産業に勤務するものは、本来の職務に復帰して本土を守れ！、これは命令である」と言われ、電気・ガス・逓信・鉄道関係に勤めていたものは除隊になった。明日から会社に出勤するという。

父に召集令状が来た時に日本は負けると思った、父が除隊で帰って来て本土決戦だという言葉を聞いた時は、もっとはっきり負ける、と思ってしまった。非国民だった。

「撃ちてし止まん」「欲しがりません、勝つまでは」「進め、一億火の玉だ」、銃後の少国民たちは、自宅の庭を畑にしたり、防火用水に水を張ったり、防空壕堀を手伝ったり、忙しかった。配給の長い行列にも並んだり。「世の中は星（陸軍）に錨（海軍）に、闇に顔、馬鹿者のみが列に立つ」馬鹿者はなぜかとても多くて、長い時間並んでいた。警戒警報が鳴ると下校、登校時間に警戒警報だったら登校中止、下校途中に空襲警報になったら近くの防空壕に飛び込め、何もないときは地面に伏せろ……、鞄よりも教科書よりも大切になっていた防空頭巾。

我が家の庭にも、畳一畳ほどの広さの防空壕を、家族だけで作った。

内地に残っている数少ない男性として父は色々と隣保班からアテにされ、お堀端沿いの花畑だったところに細長く両側に出入口のある本格的で隣保の全員が避難できる防空壕を作る責任者にもなっていた。

子どもたちは、空を飛び交う飛行機、「零戦」、「紫電改」、「屠龍」、「九七重爆撃機」や、日本のだけでなくグラマン、カーチス、Ｂ29、なども覚えては当てっこしていたが、それらが牙を剥いて自分たち襲いかかって来るとはまだ思っていなかったのである。

年が明けて昭和二十年、日本のあちこちが「爆撃されたそうや」と言う噂が囁かれ始めた。軍港、基地、飛行場、軍需工場などが狙い打ちされているのだろうと思っていた。誰しもハンブルグを無差別に猛爆したカーチス・ルメイを忘れていたのである。

「東海軍管区情報、警戒警報発令！　足摺岬南方沖合〇〇海里、敵Ｂ29、〇〇機編隊北上中！　繰り返す、東海軍管区……」ラジオから頻繁に放送が繰り返されるようになった。毎日が緊張感に包まれるようになり、夜、床に入る時には、暗闇でもすぐ着られるように、モンペ・上着・肌着をキチンと畳み、防空頭巾と雑嚢を枕元に並べて眠るようになった。しかしＢ29の編隊はいつもはるか上空を通り過ぎていくだけであった。津のような小さな城下町なんか爆撃しても何の役にも立たないのだろう、きっと、と思っていた。

三月も終わりの頃、「東京が大空襲で全滅したそうや、爆弾だけじゃなくて焼夷弾攻撃だったそうや」という噂が広まった。

「爆弾のように爆発して吹っ飛ぶのとちがい、火矢の塊みたいのが束になって落ちてきて頭上でその束がばらけて、屋根や壁や塀に突き刺さって燃え上がるそうや、そうなると四方八方で燃え上がるので手がつけられない、防火用水も役に立たなっかたそうや、何万という人間が焼け死んだんやて。怖い話やなあ……」

床屋さんのおばさんのところは相変わらず最新情報の情報源になっていた。

新聞はアテにならなかった。大本営発表では全滅は玉砕、敗走は転戦、その発表をそのまま書くだけの新聞であった。父はサッと目を通すとその場に投げ出して行き、私と母は竈の焚き付けにした。薪も不足、食べるものも不足、着るものも衣料キップがなければ購入できず、やっと生きている日々、でも学校には通っていた。

四月、新四年生になった。大好きだった東山先生の出征の後も何人かの先生が応召され、組の三分の一くらいが自主疎開を始めた初夏に、初めて本格的な空襲があり、津市の岩田川の南側に在った三重工業の工場が爆撃された。

ほぼ3万坪の工場に、徴用工・学徒動員ら合わせて約4000人が働いていた。自宅の防空壕に入って膝を抱えお腹に響く爆撃音にジッと耐えていた、どのくらい時間が経ったか、警報解除になって防空壕から出てみると工場の方角から黒煙と炎が立ち上がっている。刑務所みたいに赤煉瓦の高い塀にぐるりを囲まれ、出入り口には銃剣を着けた門衛が立っていて、何か秘密めいた工場だった。遊び仲間のよっちゃん、かずちゃん、たけちゃんたちと「見に行こう!」と言うなり、もう駆け出していた。

赤煉瓦の塀は見事に打ち砕かれ、中は瓦礫の山で足の踏み場もなく、その間を消防団・自警団・警察官など、今駆けつけたばかりという感じで、担架や戸板や莚を持って怪我人の救出に当っている。爆薬の匂い、機械油の匂い、動物の焦げる匂い、血の匂い、おじさんたちが次々運び出す担架や戸板から血が滴っている、覆っている莚の隙間から、セーラー服の上半身だけが見えた。お腹の真ん中から千切られて腹わただけがくっついている。衝撃を受けた、ポカンと口を開けて突っ立っていたのだろう、おじさん達に「邪魔だ！、どけ！」と怒鳴られて、私たちは追い払われた。帰り道、みな無口だった。

あんなにアッケなく人は死んでしまうんだ……。あの人女学生になってなければ良かったのに。人間の体もあんなふうに輪切りになることあるんだ！

夜、父と母にこっぴどく叱られた。

「危ないじゃないか、そんな所ウロウロするなんて。」

ほとんど耳に入っていなかったと思う。悪いことしたとも思っていなかった。

父と一緒に召集された補充兵さんたちは、その後沖縄に送られたらしいということだった。輸送船が無事に沖縄に着いたのだろうか、着いたとしても牛島満大将以下沖縄守備隊は全滅したのだ、ガス会社勤務が父を救っていた。何が生死を分けるのか分らない。

それまでに、大阪、名古屋、横濱、神戸、尼崎、門司、若松、八幡……、連日のように大都市も地方都市も無差別絨毯爆撃に曝されていた。「火たたき」と「バケツリレー」の防空演習通りに鎮火させることなど到底できなかったのだ。

「神風特攻隊が敵艦隊をやっつけた」、「そろそろ神風が吹く頃だ」、「人間魚雷が日本に上陸しようとする敵艦隊を全滅させてくれる」、という話の一方で、父方の祖父母、叔父叔母、従兄弟たちの住む浜松は艦砲射撃を受け、地元三重県では、志摩半島への敵上陸作戦に備えて、海岸に蛸壺（一人塹壕）掘りの動員がかかる。日本の空を飛び回るのは、あのカーチス・ルメイが指揮するアメリカの爆撃機、さらには戦闘機・艦載機だけであった。制服が夏服に変わった六月以後、日本の飛行機を見ることは全くなかった。

蒸し暑い夏が来て、狭くて換気のできない防空壕に入るのが嫌で、警報が鳴っても壕に入らないで様子見をしてやり過ごすことが多くなった。

七月二十四日、朝から警戒警報が出ていたので家にいた、その後空襲警報に変わったが、多分素通りだろうと思っていたら、三重工業の空襲の時と同じ低空飛行音が聞こえてきた。母と弟と３人で庭の壕に飛び込むのと、〝シュルルルー、ボッカーン！〟ほとんど同時だった。

壕が地震のように揺れ、支えの柱が一部分外れて天井の土が崩れ落ちてきた。このまま生埋めになるのか、母は弟を抱いたまま、

「今、外に出たらあかん、大丈夫、警報解除になるまで待とう」と二郎や自分が被った土砂を手で払いながら言った。どのくらいジッとしていたか、警防団のおじさんの警報解除のメガホンの声が聞こえ、爆音が聞こえなくなって、やっと庭に出た。家は建っていた。燃えてもいなかった。

裏庭から玄関を通って道に出た途端に、お濠を挟んで建っていた附属国民小学校が燃え

上がっている。あーっ、私の学校が燃える、燃えてしまう！　すぐ隣の鉄筋コンクリート建ての師範学校はなんでも無かったのに、学校の一本裏通りには何発もの爆弾が落ちて、直撃弾で家ごと爆死してしまった人が何人もあった。同級生の敬子さんのお母さんも。

我が家の庭の裏木戸に沿って養正国民学校の体育用具などの保管庫が立っていたが、その保管庫の屋根がまくれ戸板が外れ飛んでいる。

裏木戸から保管庫をまわって養正の運動場に出て仰天した。保管庫から20メートル、運動場の真ん中に摺鉢型の大きな爆弾跡ができていた。これだったのだ、私たちを生埋めにしかけたのは。私たちは保管庫に助けられた。

家に入って確かめる。一階は大丈夫、２階は？　あっ、屋根が！　奥座敷から空が見えている、畳二畳ほどもある菱形の鉄板が屋根を突き破って畳に刺さっている！　あの爆弾の破片だ！

「おかあーさーん」、母が私の声に飛んできて、「これは、あかんわ」と呟いた。

日中に爆撃をしておいて、その夜に焼夷弾攻撃というのが、最近のパターン。今夜この状況で、焼夷弾だったら、私たち3人では逃げようがない、父は警報が鳴ればすぐ職場に詰めなければならない。父母の話はすぐ決まった、今から3人は鼓ケ浦に向かうと。

祖父は2年前に亡くなっていたが、気丈な祖母は、亡くなった長男の息子（孫）を一人で育てながら元気に暮らしていた。

藤で編んである深めの乳母車、小さいが4輪で安定性はある、それに当面の食糧、着替え、母が大切にしていた帯や着物（後に闇の食糧と引き換える事になる）を少々載せた。私はランドセルに教科書や学用品を詰めるだけ詰め込み水筒と一緒に背負い、なんとなく遠足気分でいた。いざ出かける段になって、三歳の弟がどうしても三輪車に乗って行くと言ってきかない。爆弾で電車は止まっているから鼓ヶ浦まで徒歩で行く。三輪車をこぎ続けることなんて到底ムリなのだが、地団駄踏んで泣き喚く。結局、三輪車のハンドルに縄を掛け、弟はサドルに跨っているだけにして、私が引っ張って行く事になった。まったく漫画のような珍道中だが、リヤカーや大八車に家財を積んで爆撃された津を後にする人々が結構有り、その人並みに紛れ込んでしまえば、どうということもなかった。

まだ明るいうちに出発したのに、とぼとぼ歩いていてすぐに暗くなった。私が眠くなって歩けなくなるところまで行き、豊津上野あたりの農家で納屋の土間を借り、着のみ着のまま筵を敷いて眠った。

海沿いに松並木の街道があった。翌日は良い天気で、今日は暑くなりそうだとか、そんな声をかけながら、また乳母車を押し、三輪車を引いて松の間を歩いて行った。昼前頃に警戒警報、続いて空襲警報に変わったが、こんな田舎の街道なんか爆弾も焼夷弾も関係あるまいと誰も足を止める人はいなかった。

その時ヒューンという飛行音がしてバリバリバリって音が聞こえた。「艦載機や！」皆バラバラと松の木の根元や道沿いの農家の生垣に転げ込んだ。私、咄嗟に動けなかった。松の木すれすれに楕円形の風防メガネをかけた操縦士の眼がじーっと私を見つめて撃ってくる、私狙われている……。

いきなり地面に引き倒され一回転して白いお蔵の側に伏せた途端、頭から白壁の土埃を浴びた。母が横っ跳びに私を引っ張ったのだ。お蔵の白壁にお椀で抉《え》ぐったような丸い弾痕が等間隔に残っていた。二機連らなって飛び去った。でもまた引き返してくるかもしれない、随分長いあいだ伏せていた気がする。

しばらくして、母が白い壁土を払ってくれて「良かったなあ」と言った。水筒の水を飲み持っていた最後のサツマイモをかじり、落ち着いてからまた歩き出した。

弟はとっくに三輪車に乗るのを嫌がり乳母車に乗っている。

三輪車の縄を乳母車に結びつけて、母と二人で乳母車を押していく。でも私は乳母車に引きずられるように歩いていた。母はきっと重かっただろう、

「スマコ、後もうちょっとやでな、頑張ってな」、「そら、がんばれ、がんばれ！」と、母は自分に、そう言っていたのだと思う。

そろそろ薄暗くなってきた頃に、お婆ちゃんの家が見えてきた。ああ、やっと着いたあ。津から避難してきた人たちが既に何人か通っていった後で、丸の内はひどくやられていると聞いていたおばあちゃんは、家から出たり入ったりしていた。私たちの姿を見つけて、

「よう来た、よう来た、スマコえらかったな」と走ってきて私の頭を撫でてくれた。

「ウワーッ！」、おばあちゃんにしがみ付いて泣いた、息がつけないほど泣きじゃくった。

津の焼夷弾攻撃はその夜も次の夜も無かった。もう大丈夫だろう。

ガス会社の父と電話連絡がやっとつき、二十八日におばあちゃん家のリヤカーを借りて母と二人、津の家に残してきた必需品を少しでも運んでこようとまた歩いて出かけることにした。空のリヤカーを引き、時々は乗せてもらい、暗くなる前に津の家に着いた。

明日持っていく大事なものを母は荷造りし、私は綺麗なおハジキとサクラクレパス、それにお気に入りの着せ替え人形を手提げ袋に入れていた。明日またたくさん歩くのだから、早く寝ようね、って、多分私は泥のように寝入っていたと思う。

夜中に只ならぬ父の声に起こされた。

「スマコ、起きなさい、空襲警報だよ！」

飛び起きて外に出る。街を取り囲むように周辺の空が明るく、花火のように綺麗だった。

「わー、綺麗！」

町内の人たちも皆外に出て、夜空を見上げていた。

だんだんと花火の輪が狭まって来る、警防団の人が「退避、退避」と連呼、慌てて町内会で作った大きな防空壕に大勢で入った。轟々と響く重爆撃機・Ｂ29の大編隊だ。

いきなり防空壕の戸が、外から引き上げられて、警防団のおじさんが、「この壕は、もう危ない、逃げろ！」と叫ぶ。両端の出口から外へ脱出し始めた。私は山側の出口から出る順を待っていた。その時、出口に火を吹いた筒が転がり込んで来た、素早く側のおじさんが砂袋のようなもので押さえつけ、「早く行きなさい」と押し出してくれた。その焼夷弾はそれ以上燃え広がることなく全員外に無事脱出できた。

私たちが入っていた防空壕の土盛りに何本もの焼夷弾が突き刺さって音を立てて燃えている、危うく蒸し焼きになるところだ。

家族ごと疎開して空き家になっている所もあり、消し手のいない家からは火が噴き出している。父は火たたき棒を防火用水で濡らして、家の中に飛び込んでいった、私もバケツを持って続こうとした、母が私の肩に手をかけて首を振った。父が出てきた。

「7～8発落ちている、ウチだけなら消せるんだけどなぁ……」

燃え盛る炎が風をよぶのか、向こう三軒と左隣からは、めらめら・パチパチ火が吹きだし、二階へと這い上がっていく。右はお濠、お濠の水に飛び込んだ人もあった、でももうお濠そのものが炎にすっかりぐるりを取り巻かれている。

「逃げろ！逃げ時を誤るな！」、「風上に逃げろ！」

遠くで警防団のおじさんの声が聞こえた。辺りを見るともう私たちの他に誰の姿もない、火に囲まれて取り残されたんだ。

「よし、逃げよう！」

父は家の中から布団を引ツ張り出してきて、防火用水に浸し二人でこれを被って、「お父さんについて来るように！」、「防空頭巾も濡らして！」

風上の家並みはもうすっかり炎の塊、路地は火の迷路のようだ、鉄兜（会社支給）の父の姿を見失わないように私たちは必死で風上の西に向かった。

両側から吹き出す焔に炙られ、頭上から降って来る大小の火の粉で防空頭巾を焦がし、煙で喉を詰まらせながら必死で走った。もうみんな逃げたのか、人影はない。父の姿を見失ったらおしまいだ、濡れた布団の端を摑み、母の手を握り、姿勢を低くして這うように走った。やっと岩田川の川辺の土手に出た。一息つく。

ここにはかなり沢山の人たちが逃げて来ていた。土手にはすでに竹の子のように焼夷弾が突き刺さって燃えていた。いずれ焔はここまで来る、火は川は渡れないだろう、川幅は20～30メートルくらいだろうか。この橋を渡れば水田だ。

B29は旋回していたのか、新たな編隊が来たのか、またバラバラ焼夷弾が激しく降って来た、川に落ちてじゅうじゅう燃え尽きるのもある。

「グズグズしないで、早く川を渡ろう、走れ！」

橋は大人が二人寝そべると一杯になるくらいの幅、川べりにいた人たちが一斉に木造の橋を渡り始める。空から雨のように焼夷弾が降って来て、ブスッ、ブスッと不気味な音で突き刺さり燃えあがる。その度に渡っている人たちが悲鳴とともに右往左往する。橋がギシギシと軋む、私も母も必死だったが、渡り始めてまだ半分も行かないうちに父の姿を見失い、母は布団を抱えたまま座り込んでしまった。着ている衣類に火がついて叩き消しながら走っていく人たち。

「こらっ、どけ、邪魔だっ！」と突き飛ばされる。

「スマコ、もうあかんわ、私もう走れん、足が動かんわ！、あんた一人で行きなさい！早ようお父さんに追いつきなさい！」

此処にこのままいたら焼け死ぬ、橋を早く渡らなければ橋が燃え落ちる、どちらにしても死ぬ、なら私おかあさんと一緒！

黙って母の被っていた濡れた布団に潜り込んだ。重い、こんな重いもの引きずって走ってたんだ、とっさに母から布団を引き剥がし、母の腕の下に私の肩を入れて立ち上る、お布団があっても無くても死ぬ時は死ぬんだ、身を軽くして走ろう。

母もその気になり、よろよろしながらも橋を渡りきった。振り返ると橋はもう半分くらい燃えていた。助かったあー！

田んぼの畦道から父が飛び出してきて、「心配したぞ、何やってたんだ！」と怒鳴る。

三人で青々とした稲草の中に座りこみ、川向こうの津の街が燃え尽くすのを黙って眺めていた。弟を連れて来てなくて良かった。あの火の中で、私のおハジキもサクラクレパスも着せ替え人形も、何もかも燃えてしまっているんだなあ、私は母の膝に頭を乗せたまま眠ってしまったようである。津は朝まで燃えていた。

まだ燻っているところがある、黒く炭になった柱が転がっている、電線が垂れ下がったまま、電信柱が傾いて道を塞いでいる、辺り一面、無残な焼け野原、焦げ臭い、木も金属もガラスも布切れも食べ物も生き物も皆んなひっくるめて一気に焼いた匂いなんだ。

目印になる建物は、少し下流の岩田橋の袂にある百五銀行、その斜め前のセキスイ会館、それに師範学校とお城の石垣ぐらい。およその見当をつけて自宅跡まで行ってみた。

養正国民学校は、私たちを守ってくれた運動具保管庫も校舎も全て完全に焼滅、残っていたのは爆弾の大きな穴だけ、水道管が切れて蛇口のない鉄管から水があふれていた。直接口をつけて飲んだ、とても喉が渇いてた。そうだ、

「お父さん、ガス管も水道と同じになるの？」

「大丈夫、警報が出るとすぐに工場の元栓を閉めるから、漏れて爆発はしないよ。」

「工場のガスタンクに直撃だったら？」

「そりゃー、木っ端微塵さ、跡形なしだろうな。」

また心配事が増えた。父は警報と同時に会社に詰めるのだから。

私たちは被災者証明書を貰って、被災者救援所で、炊き出しの白い大きなお握りを一人一個貰った。係りの人が四個くれた、あれ？　振り向くと私の後ろに五歳くらいの男の子がくっ付くようにして立っていた。父は「ありがとう」と言って、四個受け取り、後方の

公園のベンチで黙ってその男の子に一個、手渡した。二年ぶりくらいの真っ白なお米だけのお握り、私は目剥いて齧り付いていただろう、その子と同じように。

名前を訊いても歳を訊いても何も答えず、痩せこけて青白く、目玉だけぎょろぎょろ、裸足で、泥どろのパンツとシャツ、どこかの街で戦災孤児になり迷い迷って、たどり着いたのだろうか？　臨時の市役所の出張所まで連れて行って保護してもらった。

私と母は父に送られて、江戸橋駅から近鉄電車で無事に鼓ヶ浦に帰った。

何も持ち出すことはできなかったけれど、命だけは持ち帰った。

あの夜、火に追われて風下の海岸に逃げた人たちはたくさん亡くなったそうだ。

全国戦災都市空爆死歿者慰霊塔記録によれば、津市の罹災人口：40、441名、死亡者：1、600名、とある。罹災者数は被災証明書の発行数でわかるが、市役所自体が丸焼け状態、警察も消防署も同様で、死者は推定数であろう。それにしても当時の地方都市としては、決して少なくない数字であった。

自宅の焼け跡に焼け残りのトタン板などを寄せ集め、会社の人たちの協力でバラックを立てたからと、八月に入って父が迎えに来た。祖母は引き留めたが、父も会社に寝泊まりの一人暮らしは不便だったのだろう、何よりこの時代に家族が離れ離れに暮らしていれば、いつ死に別れるかわからないのだ、死なば諸共と思っていたに違いない。

ママゴトのような小屋、屋根の隙間から雨も振り込むけど星空も見える。汁とサツマイモの茎ばっかりのすいとん。弟は「お腹すいた」しか言葉を知らないみたい。

八月十四日から十五日の未明まで日本は爆撃を受け続けている。

高崎・伊勢崎・熊谷・小田原は、玉音放送の数時間前までその被害を受けていたのだ。

昭和二十年（一九四五年）、八月十五日正午、私たち津市丸の内のバラックの住人たちは、養正国民学校の運動場の爆弾跡の穴の側で、雑音だらけのラジオから天皇の肉声の録音を聞いたのだった。戦争に負けたのだ。やっぱり、とオカッパ頭が頷いていた。

総罹災都市数：１１３都市。
総罹災人口：９、８４０、７７１名。
戦死者を除く総空爆死亡者：５０９、４６９名。

以上、私の１、３４７日に及ぶ戦争の記憶である。

三、四年生は集団疎開

板良敷　智代

昭和二十年八月、私は九歳で終戦（敗戦）を迎えました。千葉県山武郡睦丘村、妙仙寺のお寺の階段にいつものように並んで座っていた時、先生から本堂に集合するようにと声がかかりました。女子は何人いたでしょうか、良く憶えていません。頭をボリボリかいている子も居ました。終戦になったことを聞き、先生と友達と抱き合って泣きました。

江東区墨田の小学校では、三、四年生は集団疎開するように学校から話があったらしいのです。私は兄三人と弟一人の五人兄弟でした。一番上の兄は早くに亡くなり、家族は両親と子ども四人でした。現在は弟と二人になってしまい、月に二、三回会っています。

あの頃は配給制度があり、トウモロコシの粉、白いメリケン粉が配給になると、母と大切に家に持ち帰りました。料理上手な母が、穴の開いたお鍋でパンを焼いたり、肉の入っていないお好み焼きを作ってくれたりしたのが、何よりのご馳走でした。

終戦後六十年程経って、弟に千葉のお寺に連れて行ってもらいました。当時そのままのお寺があり、感動もあり、複雑な気持でした。私達の世話をして下さったお姉さんに会うことができて、色々話を聞かせてもらい、本堂に通していただきました。その時のお姉さんは十八歳だったそうです。

食べる物もとぼしいなか、ドングリによく似た、しいの実をお天気の良い日に本堂の階段に並べ、少し割れ目が出来たら食べ頃と思い、固い殻をはがして食べました。中にはお腹を壊した子もいました。一週に一度、知らない人の家に三人ずつ行き、お風呂に入り、夕食をご馳走になり、お寺に戻ってグッスリ寝ました。今で言うボランティアだったのでしょうか。ハッキリ憶えているのはトウモロコシが甘くておいしかったこと。

お天気の良い日には全員裸で庭に並んで、ＤＤＴの白い粉をシュッシュと散布されました。頭のシラミは黒く、身体につくシラミは白でした。散布の後、モゾモゾ動くシラミを捕まえて、友達と取り合ってピシピシつぶし合いました。

夜になると、本堂の階段に並んで、空を見上げてシクシク泣きました。

敗戦から一週間ほどして、父が沢山の乾燥バナナのおみやげを持って、隣り村のお寺にいる兄と私を迎えにきてくれました。嬉しくて父に抱きついたことを今でも憶えています。

父は兄二人と三人で東京に暮らし、母と私と弟は母の実家で暮らしていましたが、私が十二歳の時、江戸川区小岩の一軒家に、六人家族で一緒に暮らすことになりました。

戦争は絶対にいけない。寂しく悲しい思い出は、子供達にさせたくないと思います。

「戦争放棄」は特にすばらしい

高橋　良子

国民学校四年の時、終戦を迎える。それまでの私はいつもモンぺばき、防空頭巾のひもを肩にかけ、頭の中は空っぽ、警戒警報、空襲警報におびえ、目上の人に命令されるままに行動していた。

一九四五年八月十五日、重大放送があるというので、母と子供達、近所の人とラジオを聴いた。天皇陛下の声とラジオの雑音が混ざって、何が何だか全然わからなかった。誰かが「日本が戦争に負けた」と言ったが、日本は必ず勝つと言われていたのにと思った。

学校に行ったら、敗戦はたしかだとわかった。授業時間にやることは、お上のお達しで占領国にとがめられそうな所を、黒く塗りつぶすのである。

五年生になると、教科書は全部新しくなり歴史は『くにのあゆみ』だったことを憶えている。小学校時代唯一記憶に残っていることは、校長先生が朝礼の時に述べられた言葉。「今まで日本国民に足りなかったことは、批判精神です。」という言葉である。私はこの時、批判という文字、意味、を初めて知った。

中学生時代は、何ごとにも自分の考えを持とうと思うようになった。

社会科の授業では「新しい憲法の話」とか「民主主義」とかの教科書（副読本?）を使って熱心に学んだ。「戦争放棄」は特にすばらしいと思った。教師の授業にも熱がこもっていた。

ところが、日本に警察予備隊（自衛隊の前身）が出来たころから、教師の授業が消極的になった気がする。お上のお達しがあったのか?

現在、憲法教育は消極的。自衛隊は年々増強され、日本が戦争をすることのできる国にするため、憲法を変えようとする勢力がじわりじわりと増大している。日本国民は憲法を学び、守らなければならない。

10
歳

ホトトトイトトトイハハニハイト　西川　敦久

ズボンの裾にゲートル　小川　正子

戦闘場面だけが戦争ではない　柳瀬　重雄

夜、布団の中で泣いた　柴田　久子

毎日防空壕に行く　浦　節子

ホトトトイトトトトイハハニハイト

西川　敦久

――三人の孫達、怜美・秀哉・あゆみに贈る――

「今、日本が危ない」。第二次安部政権が発足する時の私の不安は不幸にして的中した。今や政界のみならず、かつて「政治は三流、経済は一流」ともてはやされた経済界、財界をはじめ、自由闊達な論陣を張った言論界、ジャーナリズムの世界でも日本の劣化が著しい。日本中いたる処である種の思考停止が起こっているのだ。現状を直視せず歴史を深く観ることもせず、相手の立場に立って物事を省察しようとしない軽佻浮薄な風潮に日本中が押し流されようとしている。

今年戦後七十年、私自身八十歳に達した。私には三人の孫がいる。この孫達に戦中戦後に私が体験したささやかな事柄を書き残すことは私の責任だと思う。

「賢者は歴史に学び、愚者は経験に学ぶ」という。しかし私は敢えて自分自身の経験と当時周りの人達から直接聞いた事柄のみを書き残したいと思う。個人個人の体験を集め、それを一つの思想、考え方に従ってまとめるのは歴史家の仕事だ。私は歴史家ではない。今なら私自身の体験に加えてその後五十年間にわたる知識と学習経験から「反戦平和」のプロパガンダにまとめ上げることは可能だ。しかし当時の異常な教育環境と大本営発表の中から真実をつかみ取るのは至難の業だ。

従ってアッツ島山崎守備隊長からサイパン島に至る玉砕の歴史や、ミッドウェイ戦での山口多門中将の奮戦など様々な記憶のうちどれがその当時直接知り得た情報でどれが戦後何十年も経ってから本を読んで知った知識かの区別がもはやつかない。

従ってごくごく身近な体験のみをただ思い出すままに記すこととした。

そこには何の主張もなく、あまりにも従順に過ぎると思われるかもしれぬ。しかしそれこそが当時の日本国民大部分の姿であり、まして子どもの考えであったのだ。

一、昭和十六年十二月八日

その朝、芦屋市立山手幼稚園は何かいつもの朝と違った空気が流れていた。山手国民学校の全生徒が整列し、幼稚園生も少し離れた一角に並んだ。

渡辺校長先生が壇上に立ち何か難しい話をはじめたが、幼稚園生にはわかる筈もなく、間もなく話は終った。しかし、ごくわずかな幼稚園生は家を出る時ラジオで聞いていたのか「アメリカと戦争することになった」とささやきあっていた。

その時、若い永本先生が「えらいことになったなあ」とつぶやくのが私の耳に入った。途端に年輩の増田先生が口に手をあてて「しっ」と言った。そのやりとりはごく短いしかも低い声だったので周りに居たほんのわずかな者にしか聞こえない程度のものであったが、はっとした永本先生の異常な緊張とあたりをはばかる増田先生の厳しい表情にどきっとした。

この瞬間の印象はよほど私の脳裏に深く刻まれたのであろう。何度も何度も思い出し、特に戦争にまつわる何らかの事態に出くわす度に増田先生の「しっ」という押し殺した声が聞こえて来るのだ。

二、湯口先生

昭和十七年四月、私は芦屋市立山手国民学校一年二組に入った。担任は湯口先生。一年生担任の五人のうちでは一番若く綺麗な先生だった。

授業が始まって間もない朝、たぶん修身の時間だったと思う。先生が「みんな大きくなったら何になりたいですか?」と尋ねた。男は皆「兵隊さん、兵隊さん」女は「看護婦さん」と叫んだ。私はただ小さくなって黙っていた。家では父が常に「敦久、兵隊に行ったらあかんぞ。敵の弾があたって死ぬことになる。」と言っていたからだ。

次の週、今度は湯口先生が「兵隊さんになりたい人」と言った。「はい、はい、はい」と、男はほとんど一斉に立ち上った。私はじっとうつむいて座っていた。その時私を見つけた湯口先生が私のそばに歩み寄ってきた。私はてっきり叱られるものと思っておどおどした目で先生を見上げた。しかし先生の目はやさしく微笑しているように見えた。「西川君どうしたの？」。私は震えるような声で「僕、戦争こわいねん」と言った。先生は腰をかがめて私の頭の上に手を置くと「そうやねえ、戦争こわいなあ」と言って教壇の方へ戻って行った。私はその後も「弱虫！」とか「こわがり！」と言って腕白共にいじめられるのではないかと心配したが、そういうことは一切なかった。

そのことがあってから私のクラスでは「兵隊さん」、「はい、はい、はい」とか「看護婦さん」、「はい、はい、はい」という授業は行われなくなった。両隣の一年一組と一年三組では相変わらずそれが続けられていることは廊下を伝って来る声でわかった。

夏休みが過ぎ、秋の運動会の練習が始まったある日のこと、「湯口先生が辞めはるらしい」という噂が聞こえてきた。「先生、子ども産まはるらしい」という話もあったが一向に先生のお腹がふくらむ様子もないまま半年程経った日、湯口先生は段上から「皆さんとお別れしなければなりません。せめて一年が終わるまでは、と思ったのですが申し訳ありません」と涙声で挨拶をされ、理由も何も言わず去って行かれた。別段他校へ転校になった様子もなかったので、二、三人の女の子が「湯口先生に手紙を出そう」と言い出したが、後任の藤井先生がそれとなくその動きを差し止めにした。

大好きだった湯口先生との別れは私にとってショックだった。しばらくは勉強に身が入らない日々が続いた。「戦争怖いなあ」という先生の声がしばらく耳に残った。今にして思うとその言葉が先生の運命を決めることになったのではないかと心が痛む。

三、ホトトトイトトトトイハハニハイト

一年生一学期の通信簿はほとんどが秀と優だったが一つだけ良があった。音楽だった。太平洋戦争が始って翌年、敵性語の廃止ということで「ドレミファソラシド」が「ハニホヘトイロハ」に変った。そして音楽は敵の飛行機の音と味方の飛行機の音を一瞬に聞き分ける道具として低学年のうちからたたきこまれることになった。

「ハホト」、「ハヘイ」、「ロニト」の三和音をピアノかオルガンで叩き、それに応じて立ったり座ったりを 繰り返すのだ。先生も意地悪をして「ハホト」と言って「ロニト」を叩いたりするのだ。その時ひょこんと立ち上ると先生にじろっと睨まれるのだ。それを際限なく時間中繰り返すのだ。先生もよく覚えていて、五回も六回も間違えてひょこんと立ち上った者が前に呼び出され「お前達は敵機に撃たれて死んだ！」と叱りつけるのだ。その先生は田村先生という兵隊還りの男先生でいつも革の半長靴を履いていたのでその足音を聞いただけで皆怖がっていた。

「ハホト」、「ハヘイ」、「ロニト」を何回も続けているうちに誰言うことはなしに「間違っ

て立ち上るからにらまれるのだ。何が鳴ってもじっと座っていたら目につかない」ということになり「ハホト」が鳴っても「ハヘイ」が鳴ってもそれが正しいか間違っているかに関係なく座り続ける悪童が増えていった。

田村先生がそれに気付かぬはずはない。主だった者十人程（全員男ばかりだったと記憶している）を廊下に並ばせて竹箒の柄で殴りはじめた。「この大事な時に、天皇陛下に申し訳ないと思わんのか！」確かそんなことを言いながら何度も何度も殴られた。

音楽はすっかり嫌いになった。

一学期に習った唱歌は「お馬の母さんやさしい母さん」という一曲だけだった。しかもその最後に恐ろしい宿題が待っていた。「お馬の母さん」の歌を音符で記憶して来いというのだった。意味のある言葉ならいざ知らず意味のない記号を覚えるのは大変だった。

「ホトトトイトトトイハハニハイトハハイトイトホトホホトホホニニハ」

七十年以上経った今でもこれだけは口をついてすらすらと出て来る。田村先生の恐ろしい顔と怒鳴り声と共に。悲しい記憶である。

四、桃太郎

一年生の終りの学芸会で私達のクラスは「桃太郎」をすることになり、私は主役の桃太郎に選ばれた。その桃太郎はカーキ色の軍服を着て戦闘帽をかぶり、その上にボール紙で切り抜いた桃印をつけ、竹のおもちゃの機関銃をかついでいた。犬も猿も雉子も軍服を着て、それぞれボール紙の犬、猿、雉子を頭にのせていた。それを「国防婦人会」のたすきを白い割烹前掛の上にかけた十人程の女の子が列を組んで送り出すのだ。

「勝って来るぞと勇ましく」という「露営の歌」のレコードが鳴り、舞台を三周程して舞台裏に続く出口の方へ突撃し、そこで「わあ、わあ、わあ」と鬨《とき》の声をあげながら竹の機関銃を「カチ、カチ、カチ」と打ち鳴らす。そして「勝った、勝った、弱いアメリカや支那チャンコロをやっつけた」と叫びながら再び舞台へもどって来る。

犬、猿、雉子がリヤカーにいくつかの箱を乗せてきて、それを待ち受けていた国防婦人会の人やおじいさん、おばあさんに分けてあげる。最後は全員で客席に向かってバンザイを三唱した。

戦後何年か経って戦時中の我が家の疎開の時に箱に入れたままになっていた荷物があるのを見つけた。その中に宝塚の別荘を父が処分した時のレコードの箱があった。

それはライオネルハンプトン楽団など、まさに敵性音楽がほとんどで、父が憲兵隊の目を逃れて隠したものと思われた。その中に唯一枚、霧島昇が歌う軍歌「露営の歌」が紛れ込んでいた。軍歌など大嫌いだった父が何故これ一枚だけを残していたのか。おそらく初めて主役の大役をする息子が晴れ舞台の行進を間違わないようにこのレコードを買ったのではなかったろうか。

あの異常な時代、揺れ動く父の心が偲ばれる。

五、崔君、林君、水谷君

二年生の担任はあの田村先生になった。

その頃学校では兵隊さんに慰問袋や手紙を出すことになっていた。ある時その袋に貼る切手を持って来ることになった。確か五銭か十銭の切手だった。全員が家から一枚ずつ持参し、教壇の先生の前の箱に持って行くのだ。クラスの半分程が出し終わった時、行列が止って田村先生が何か言い始めた。初めは小さな声のやりとりだったが次第に声が大きくなり、やがて大きな怒鳴り声になった。「お前達朝鮮人はすぐこういうずるい事をする！」うなだれて立っているのは林君だった。やがて二声、三声すると先生がいきなり林君の頭を撲り突き飛ばした。林君は机の間に倒れ込んで、それでも泣かずにじっと耐えていた。先生はそれから皆の方に向かって、「こいつは一回使ったこんな切手を持って来た。君達もこんなずるいことをしたらあかんぞ！」と、一枚の切手を教壇の机の上に置いて特に見に来るように言った。私も恐る恐るのぞきに行った。たしかにその切手はミシン目のところが一つか二つ欠けていた。しかしそれが使い古したものかどうかは私には判断がつかなかった。

その翌日も林君は学校に出て来た。切手が真新しいものと差し替えられたかどうかは知らない。しかしその事件後クラスの雰囲気はがらっと変った。田村先生に「朝鮮人」と言われた林君とその仲間の崔君と水谷君がぱったりと皆と遊ばなくなった。

その頃学校では駆逐水雷《くちくすいらい》という遊びが流行っていた。崔君はクラスで一番体が大きく力も強かった。駆逐水雷ではいつも本艦の役で花形だった。しかし事件後三人は運動場隅の藤棚の下に固まり、私達が遊んでいるのをちらちらと横目で見ているだけになった。

崔君は幼稚園の時からの友達だった。幼稚園の頃、二、三回私の家へ遊びに来た。松ノ内町の私の家は四百坪程もある豪邸だった。崔君は初めて遊びに来た時は雰囲気に圧倒されたのか借りてきた猫のように小さくなっていた。しかし回を重ねるにつれ日頃の腕白ぶりを発揮して木に登ったり、噴水に入ったりして元気に遊んでいた。その頃はまだ食糧不足ということもなく、いつも母がビスケットやカステラを「おやつ」と言って出してくれた。

しかし一年生の頃になると食糧不足は厳しさを増し、母も「ごめんね、おやつもあげられなくて」というような状態になった。

そういったことが二、三度続いたある日、崔君が一人で遊びに来た。ベルの音で門に出て見ると崔君がさつまいもを三本程持って立っていた。「これ」崔君は恥ずかしそうにうつむいたままそれを差し出した。当時としては珍しい赤い皮の細い藷《いも》だった。私は嬉しかった。母も感動していた。

六、馬の糞

食糧事情は日を追って悪化して肉や乳製品はもちろん、米やパンといった主食類も配給が途絶えがちになって行った。小麦粉のかす「ふすま」が大部分の「すいとん」や薩摩藷ならぬ藷のつるを刻み込んだおかゆなどが交互に出て来るようになった。

長らく趣味に鉄砲をやってきた父も大食いのポインターやセッターを飼うことは到底かなわず、比較的食糧事情の良かった農村の狩猟仲間に犬をやってしまった。そのうちの一人、加古川の青木旅館の主人の処へは食料品の買い出しに何回も行った。米は警察がうるさいからというので藷や豆などを父と二人で持ち帰った。特に加古川から奥へ入る軽便鉄道の無蓋車《むがいしゃ》に先を争って乗り込むのは子供心にも恐ろしい思い出だ。

芦屋の広い庭は花壇や庭木を整理して次々と家庭菜園に替えていった。しかし素人百姓の悲しさ、ろくな収穫は得られなかった。殊に芦屋の土地は花崗岩の粒でできた粗い砂地で、肥料分はほとんど無かった。庭の落ち葉を鋤き込んでも効果は上がらなかった。その時近所の人が馬の糞を混ぜると良いと言っているのを聞いた。

その頃、芦屋川の堤防工事が続いていて我が家の前の坂道を毎日のように何台もの馬車が工事材料を積んで通っていた。その馬が坂で踏ん張る時ぽたぽたと糞を落とした。その度に塵取りを持ってそれを拾いに行くのだが、お向かいの岸さんの奥さんや是則さんの息子さんが同時に飛び出して来て馬糞を拾うのだ。いずれも大阪船場の老舗の三代目とか、関西では有名な運輸会社社長の豪邸だ。

やがて戦局は益々悪化し空襲が始まり、このような牧歌的な日々は霧散してしまうのだ。

七、空襲の恐怖

B25が時々飛んで来て「警戒警報」が発令されるようになったのは昭和十九年、私が三年生になった頃からだ。

その頃から週に一回程度「警戒警報」のサイレンが鳴り、その度に班を組んで学校から家まで坂道を駆け降りて来るようになった。

しかし敵機はただ一機一万米という高度を西の方へ通過し、神戸の高射砲陣地から二、三発弾を撃ってもそのはるか上を、時には白い飛行機雲を曳きながら悠々と飛び去るのだった。そのうち「あれは遠い航空母艦から飛んで来るので爆弾など積んでいない。単なる偵察だ」という噂が広がった。それ以降は防空壕に入ることもなく、ただ学校から早く帰って来られるという嬉しいようなのんびりした空気だった。それが一変したのはその年の秋の頃だったと思う。「警戒警報」のサイレンの後で「空襲警報」のサイレンにかわり、あたりが騒然とする中、数十機の敵機が肉眼でもはっきり見える低い処を飛んで行ったかと思うと遠くの方で遠雷の鳴るような音がしばらく続き、省線電車が相次いで止まった。ラジオを聞いていた父が「大久保の工場がやられたらしい」と言った。私はあの異様な光景を咄嗟に思い出した。

加古川へ父と諸買いに行った時、大久保のあたりを通過しようとした瞬間、憲兵が乗車口の処に立ち「窓のブラインドを閉めよ」と叫んだ。乗客は一斉に立ち上がって窓のブラインドを降ろした。憲兵は恐ろしい形相で車内をゆっくり歩き、ブラインドの閉まり方が不十分で隙間の見えるような処へ行くと鞭のような棒で側に座っている人を突いてブラインドをしっかり降ろすように促した。それはわずか十分程の間だったが、車内の凍りついたような雰囲気ははっきりと記憶に残った。

「あんなことをしてもスパイからは守れへん」と父は言ったが、あの大久保の軍需工場が真先に爆撃されたのだった。

それ以降「警戒警報」が鳴ると皆はラジオの放送を真剣に聞くようになった。そして「潮岬はるか沖合上空にてB29数十機旋回集結中」という声が流れると生徒だけでなく、それぞれの班に先生が一人ずつ付いて家へ駆け戻ることになった。そのうち日本の各地で次々と工業地帯が爆撃されるようになった。北九州、京、阪神、中京の各都市の名が新聞に載ったが、いずれも「損害は軽微で敵機数機を撃墜」という記事ばかりで父も「これは嘘や」と言っていた。年が変わって昭和二十年正月過ぎ。その嘘がばれる日が来た。芦屋に隣接する摂津本山の工場が爆撃されたのだ。爆弾が落ちて来る時「シュルルル・・・」という音がして「ドーン」と爆発音、続いて吹き飛ばされた家や屋根、家具などの破片がばらばらと降って来る。その度に防空壕の天井や壁から土や小石が頭上に降りかかって来る。それが何度も何度も繰り返され、もうだめだと身をすくめて一時間程が過ぎほっとして防空壕から出てお互いの命を確かめ合った。

芦屋市内にかなりの爆弾が落ちた。「大橋けい子ちゃんの家がやられたらしい」というのを聞いて阪急芦屋川停留所裏へ見に行った。けい子ちゃんの家の処に直径十五米深さ十米程の穴がぽっかり開き、そこから吹き飛ばされた家財や衣類がまわり五、六軒の家にかぶさり滅茶苦茶になっていた。けい子ちゃんは三十米ほど離れた芦屋川の堤防に作られた防空壕に逃げていて無事だったようだが「足が痛いから家に残る」と言ったおばあさんは吹っ飛ばされたようだった。けい子ちゃんはあの一年生の桃太郎劇の時「国防婦人会」のたすきをかけて私を見送ってくれた一人だ。そしてあの時、おじいさん役をした若林君は近くに落ちた爆弾の破片で片脚を切断されたという噂が伝って来た。

そしてその年の三月、東京に次いで大阪、神戸が相次いで焼夷弾による無差別爆撃を受けた。

大阪の空襲では東の空が真赤になり夜が明けてからも黒い煙が空を覆い、一日中赤い風船のような太陽が見えた。その夕方天下茶屋に住んでいた母の妹ちか子叔母さんが泥んこのもんぺ姿に防空頭巾を被って私の家にたどり着いた。そして「何もかも無くしてしもうた」と言って玄関先に座り込みどっと泣き崩れた。母は布団を敷き部屋を暗くして叔母を寝かせた。

翌日、父はゲートルを巻き大阪へ行った。大阪の街は全滅して、我が家が持っていた江戸堀のビル二棟も、天王寺の借家長屋二十軒余も完全に焼き尽きていた。父は呆然としていたが「戦争が終わったら家くらい何ぼでも建てたらええんや」と私達家族の者を励ますように言った。

神戸の時はちょうど頭の上で花火が開いたような焼夷弾の雨が降り注ぐのが見えた。後で聞いたのだがこれは油脂焼夷弾というやつで空中で爆破した油脂が燃えながらゆらゆらと降って来て天井や壁にべっとりと付いて家を燃やすもので、その他にも黄燐焼夷弾という六十糎ほどの筒状の焼夷弾は家の瓦を突き抜けて来て畳に突き刺さりどっと火を吹く型でいずれも日本の木造家屋を焼き尽くすには強力な威力を持っていた。

これらの無差別爆弾は工場や軍施設のみならず一般民家を対象としたものだったが、そこでは日頃訓練して来たバケツリレーによる放水練習や筵纏《むしろまとい》による防火活動などは何の役にも立たない事が立証された。

更に国民をたたきのめしたのは艦闘機による機銃掃射だ。その頃になると潮岬沖や土佐湾沖に敵の航空母艦がずっと居座っていてそこを発着するグラマン（ずん胴）、カーチス（先がとがっている）といった小型戦闘機が「空襲警報」の発令とほとんど同時に飛んで来て超低空から電車やその他動く物を狙い撃ちした。

学校の通学路にはほとんど百米間隔で防空壕が掘ってあり「空襲警報」が鳴ると何時でもそこへ飛び込む訓練はしていたが、もし機銃掃射の弾があたったら十糎くらいの防空壕の屋根では絶対に助からないことはわかっていた。

それは父が持っていた猪狩りの実弾の薬莢《やっきょう》がせいぜい直径一糎長さ五糎であるのに対し、（機銃掃射の）薬莢が直径三糎長さ十糎以上であったのを見ても明らかだった。

大阪と神戸の中間にある戸屋の街は爆弾と機銃掃射で破壊されつつあったが、まだ焼夷弾攻撃は受けていなかった。大阪や神戸で焼け出された人が親戚や知人を頼って比較的安全で食糧事情の良い田舎へ引っ越して行った。

八、疎開

四年生の新学期になると「学童疎開」の話が出て来た。学校からは「田舎に縁故のある人はなるべく早く疎開するように」という指令があった。それが出来ない人は「鳥取県に集団疎開をするので申し出るように」ということで、三分の一くらいの人が申し出た。私は三重県河芸《かわげ》郡一身田《いっしんでん》町の母の実家に疎開することになった。

六月の初め教科書と数着の下着類をかばんに詰めて父と二人で芦屋を発った。皆が騒然としていたので学校の先生や友達とどんな挨拶を交わしたか全く覚えていない。ただ電車で大阪へ向かう時、前夜に爆撃を受けた西宮、尼崎の街がまだ赤い炎をめらめらと上げて燃え続けているすぐ横を電車が突っ切ったこと、空襲後初めて見る大阪の街が全くの焼け野原になり、赤茶けた壁や瓦の残骸のところどころにぽつんぽつんと倉らしい建物が焼け残っていた光景が印象に残っている。

父はその日のうちに私だけを残して芦屋へ戻って行った。母の実家は母の両親小林藤吉郎夫妻のほか、大阪で焼け出されたちか子叔母、中支で戦死した小林貞三叔父の未亡人淑子叔母親子のほか近所から手伝いに来ているおくにさんという老婆が居て賑やかだった。食糧事情も芦屋よりは幾分ましで麦交じりではあったが御飯が食べられたし、三時には「麦小菓子」というはったい粉を湯でといたものなどが出た。

小林家は一身田の御三家といわれる大地主で比較的恵まれた環境にあったので私も一目置かれていたのか、周りの者からいじめられることもなかった。

しかし学校生活には驚かされた。転入最初の日、職員室から教室の方へ渡り廊下を渡って行くと周りの教室から一斉に「がん、がん、がん」という大音響が起った。担任の中森先生が「今度転校して来た西川君」と私を紹介した一瞬その音は止んだが、先生が「はい、これ」と巾十糎、長さ二十糎程の黒い木片を手渡してくれると、また一斉に床をたたき始めた。教室には机も椅子もなく床には麦の穂が敷きつめられていた。皆がしているのは麦の脱穀と籾はずしの作業だった。当時各家庭の金属、機械類は金属供出によって何も手元に残っていなかった。脱穀機も箕もない農家にとって至上命令の食糧増産のためには子供の手を借りるのが一番だった。

十五分程たたくと二、三人が大きな渋団扇《しぶうちわ》を持って来て扇いだ。麦の穂先や籾殻が教室の一方に吹き寄せられ教室の中央付近には麦粒だけが残った。それをドンゴロスかセメント袋に入れて教室の隅に積む。するとすぐにまた新しい麦の束が運び込まれる。生徒はまた一斉にその束に向かって突進し、木片で穂先の部分をたたく、穂先のはずれた麦藁の束は窓から外に放り投げ、残った穂先をまた「がん、がん」たたくのだ。このような作業が午前中何回も繰り返され小麦の袋が廊下にうず高く積みあげられた。昼休みには皆家へ帰って昼食をとった。農家は米の弁当を持って来られるが、街場の子はお粥か諸しか食べていなかったので皆めいめいの家で食べて午後改めて登校するのだ。午後は勉強があるのかと思っていたが、それもなく午後も同じ作業が三時頃まで続いた。来る日も来る日も勉強は一切無く同じ作業を皆嬉々としてやっていた。

夕方になると役場の人が荷車を何台も曳いて来て麦の袋を回収して行った。おそらく学校別、クラス別にノルマが設定されていて、先生方はそれを達成するために必死だったのだろう。

その頃六年生は近くの田圃《たんぼ》へ田植の手伝いに駆り出されていた。田植が最盛期に入ると二、五年生も四年生も駆り出された。初めての田植えは新鮮だった。水の中に足を入れると二、三糎の小鮒やどじょうが足を突っついた。中には四、五糎程の鯰《なまず》の子が頭をふりふり足首にまとわりついて来ることもあった。しかし油断をすると親指程もある「ひる」がふくらはぎや足首に何匹も吸い付いていることがあった。これがまた厄介者で無理矢理引っ剥がすといつまでも血が流れ続けるのだ。

疎開先の学校でも「警戒警報」が鳴ることはあったが、防空壕に逃げ込んだり帰宅待機したりするようなことは無かった。それでも隣町の津が爆撃を受けた時は驚いた。最初の爆撃では一身田町に隣接する街のオボロタオルという工場が燃え続けるのが見えた。二度目は夜間の焼夷弾攻撃で、ちょうど神戸の空襲の時と同じ光景が見られたが規模も小さく、生命の危険を感じることは無かった。

七月末になって両親と妹栄美子が一身田に移って来た。ようやく一家が揃った。町はずれにあった割烹旅館喜久屋の二階を借りて住むことになった。家具もほとんどない二十畳余りの大広間にかやを吊って一家揃って寝るのは心が安まる気持だった。

九、昭和二十年八月十五日

その日私は小林宅に居た。母は妹と二人で喜久屋に残っていた。父はたしか大阪の借家の焼け跡確認のため留守にしていた。ラジオの玉音放送は何を言っているのかわからなかったが、終わった時碾《ひ》き臼をまわしていたちか子叔母と淑子叔母が、その手を休めて言った。「貞三叔父さんの敵を必ずとって下さい。」その厳しい声は今もはっきり覚えている。

その夜から空襲の気配もなくなったので、黒い灯火管制用の幕を開け放しにして眠ることになった。冷房や扇風機などのない時代に夜風の通る喜久屋の大広間は天国のような涼しさだった。

戦争が終って、いろんなデマが飛び交った。

「戦争に協力した人間は奴隷にされる」とか「戦争を賛えるような作品はアメリカ兵に見付かる前に捨てた方が良い」と言われて、学校の掲示板や講堂に張ってあった「撃ちてしやまん」「一億一心」「大空あらわし」といった習字や飛行機や軍艦を画いたクレヨン画などをあわてて焼き捨てた。

二学期が始まると教科書に墨で黒い線を引く作業が始まった。一学期以来ほとんど授業もなく農作業の手伝いばかりしていたので、どの教科書のどの部分を黒く塗りつぶしたのかほとんど記憶にない。

やがて「国民学校」が「小学校」になり「ハホト」が「ドミソ」に変ったが、授業の内容についてはあまり大きな変化は感じられなかった。しかし、毎週月曜朝の神社参拝や奉安殿前に整列して「教育勅語」を暗唱する行事などは無くなった。

学校生活の変化よりわが家の生活の変化は大きかった。大阪の借家すべてを戦争で失ったので父はその復活に努めていたが終戦直後の混乱の中ではそれどころではなかった。「戦時国債」は紙切れになり、銀行の機能も混乱したままでは借家の再建の資金手当もままならず、焼け跡に住みついたバラック建ての不法居住者との係争に明け暮れて芦屋に滞在したままだった。

食糧不足は相変わらずのままだったが、戦時中程統制は厳しくなかったので、いろんな形での闇物資の調達が可能になった。長男の私は小林家の伝《つて》や父の鉄砲友達などの縁故を頼って米や藷を買い出しに毎週一身田郊外の農家を巡った。

十、三角乗り自転車

買い出しはもっぱら自転車を使ったが、小学校四年生では二十六インチの男性乗り自転車は高すぎて足が届かない。婦人用の低いフレームの自転車は当時一身田町では産婆さん専用の一台が走っているだけだった。

小学生は片側のペダルに乗りながらもう一方の足をフレームの三角を通して向こう側のペダルを踏む。いわゆる三角乗りという曲芸的な乗り方で街中を走り回っていた。私も四年生になって三角乗りを始めていたがそれを買い出しに使うには難しかった。三角乗りは一方に傾斜して乗るので藷ではせいぜい三貫目ぐらいしか積めないのだ。しかも当時の田舎道は舗装など全く無い泥んこ道だったので自転車が蛇行して藷を道一杯にぶちまけてしまうことも度々だった。それでも自動車など一日に一、二台程度しか出会わないからゆっくり藷を拾い集め持ち帰ることができた。

食糧以外でもあらゆる生活物資が統制経済のもとに置かれ不自由な生活を強いられた。ある時学校で運動靴の配給があった。「クラスに二足しかないのでくじ引きをした。確率が五十分の一のくじを私が引き当てた。皆の羨望の中いそいそとその靴を履いて帰った。ところが翌朝履こうとするとその靴はゴム底と布の甲がぱっくりとはずれていた。早速自転車屋へ行ってゴム糊で張ってもらおうと頼んだ。ところが自転車屋の親父はその靴を見てこう言った。「こりゃあかんワ。この底は蒟蒻《こんにゃく》ゴムや」学校配給の品にまでこんな粗悪なものが出回っていたのだ。

燃料不足も深刻だった。五年生の夏休み頃、隣り組の組長さんが家に来て声を密めて「今度隣村の大里村のある山持ちに頼んで薪を分けてもらうことになった。この町内で希望する家に声をかけている。もしお望みなら明日午後一時に郵便局の前にのこぎり、斧、鎌、何でもいいから道具を持って集まって欲しい」

翌日、我が家では父が大阪に行って留守だったので私が行った。組長さんのほか男子が二、三人、女の人が五、六人、そして子供が五、六人、手に手に道具を持って集まった。

組長さんの説明では二十軒ほどの希望があり、今日から週一回くらいの頻度で大里村の大沢池のほとりの松林へ行って間伐と下枝払いをする。松は、やにが強くてすぐに燃やせないので適当な長さに切って干しておく。十回ぐらい通えば相当な量になるので、それを運びおろして来る。あくまでもこれは秘密だから隣組の仲間以外にはしゃべらないこと。

五キロ程離れた現場までは皆にぎやかにはしゃぎながら歩いて行った。しかし現場に着いた時一同の表情は沈みきった。足元には雑草が生い茂り、まずどの松を間伐するかどの松の枝をどこまで切り払うか全く見当がつかなかった。組長さんも当惑したようだが弱味を見せることもできず、二、三人の男と林へ進み入ると、「はい、この細い木を切り倒して、この松はこの高さまでの枝は切り落とす。けがをしないよう刃物には気を付けて」と指示した。一同はそれぞれの手持ちの道具でできる仕事を勝手に見つけて作業に入った。

水筒の麦茶は大切に飲んだが足りなくなる人が続出した。それでも三時間程力を合わせて作業すると林の中に二百坪ほどの草の刈られた広場ができ、その中に切り払われた枝や倒された何本かの松が横たわっていた。

さらに夕方まで作業を続け、組長さんから「また来週日曜日、天気さえ良ければ集まってください。今日来られなかった家の方々へも私から連絡しておきますが、隣同士誘い合って来てください」という挨拶の後五キロの道を帰宅した。途中ホタルの舞う橋を渡り狸や水鶏《くいな》の声を聞き、ハイキング気分だった。

二回目以降も私はできるだけ参加した。しかし度重なるにつれ、単純な作業の繰り返しと、大量の藪蚊の襲来に辟易し次第に参加者が少なくなり、組長さんは人材集めに悩んでいたようだ。そして十一月上旬、ようやく待望の持ち込みの日が来た。当時の家庭ではガスや灯油コンロのようなものはもちろん無く、古い「おくどさん」かそれの無い家では石油缶に穴を開けたような簡易コンロで細く切った薪を燃やしていた。私達は松林の作業中切り倒した松や松の枝を三十糎程の長さに切り、それを乾燥させたものを直径三十糎程の束にしていた。

その日夕方私達は三台の大八車を曳いて松林に着いた。「明るいうちは人目に付くから、日が暮れてから街に入ろう」という組長さんの意見で私達は待機した。山裾の一身田の街にぽっぽっと明りが灯り始めた頃一同は車を曳いて山を降りた。声を秘めて大里村と一身田の境にある安楽橋にさしかかった時、突然ぱっと電燈で照らし出された。駐在の平岡巡査が懐中電灯をかざして立っていた。

私達は駐在所に連行されたが組長さん一人を残して他はすぐに釈放された。不安に駆られてほとんど全員二十名程が組長さんの家のまわりで待っていたがなかなか帰って来なかった。

やがて深夜になって組長さんが帰って来た。「あの新参者の巡査は融通がきかん!」「誰から買ったかと言われても山持さんに迷惑がかかるからそれは言えん!」「山仕事のお礼にただで貰って来たと言うても、その場所へ案内せよと言い張りよった。」男達は口々に巡査の悪口を言い、女の人は「あの暑い盛りにみんなして、こんな小さな子供まで駆り出して薪作りしたのに……」と泣き出す人まで居た。私も口惜しかった。しかしどうしようもなかった。涙をこらえてその日は寝た。

ところが数日経ってとんでもない噂が伝わって来た。「平岡巡査が知り合いの津のかまぼこ業者にあの薪を闇で売ったらしい」というのだ。「許せない！」咄嗟にそう思った私は同じ隣組で薪作りをした小学生仲間四人と唯一人の高等科生、憲ちゃんを誘った。平岡巡査の息子が同じ学年に居たのだ。「あいつを殴ろう」話し合いは一発で決まった。早速その日の午後学校を出たところで待ち受けた。平岡が現れると憲ちゃんを先頭に一斉に殴りかかった。私は履いていた下駄を脱ぎ、それを振りかざして平岡に襲いかかった。平岡は倒れ、起き上がるところをまた蹴飛ばされた。平岡は鼻血を出し膝からも血を流して泣いて帰って行った。

それから数日「先生に呼び出されるのではないか」とか「平岡巡査が学校へ乗り込んできて俺達逮捕されるのではないか」とかびくびくして過ごした。しかし何事もなく一週間が過ぎた。「やっぱり平岡巡査が薪を闇で売ったという噂は本当だったのだ」そう確信するようになって、何故か爽快な気分になった。

十一、牛乳配達

昭和二十二年初、父は芦屋の家を処分した。芦屋は二十年八月十三日夜に焼夷弾攻撃を受け、ほとんど全市が焼失した。ところが我が家と本家と裏の松代さんと安川さんという四軒だけが運良く焼失をまぬがれた。父の話によると省線芦屋駅から三百米ほど続く駅前商店街は壊滅し、海に浮かんた島のように我が家とその四軒が見渡せた。当時進駐軍は将校用の住宅として洋館造りの家を捜していた。我が家にも三度程ジープに乗った男達が現れ、庭から玄関、そして部屋中を見てまわった。アールデコ調の家は気に入った様子だったが門扉から玄関までの植え込みの中を通るアプローチの階段が長く、自動車を横着けできないのが不満のようだったという。

その間にも焼け残った芦屋の豪邸という豪邸は次々と進駐軍に接収されていった。大阪空襲ですべての財産を失った父は一日も早く最後の財産芦屋の自宅を処分して現金にする必要に迫られていた。そこへ現れたのが立川団三さんという上海から引き揚げて来た人だった。その人は進駐軍に接収される恐れのある物件でも「接収されたらアメリカさんから家賃貰いますワ。なんぼ戦勝国でもただということはおまへんやろ」と言って商談は成立したという。父は「さすが在華紡で成功していた人は腹が座っとる。戦時中には戦闘機を三機も軍に寄付したそうや」と感心していた。

手にした現金が幾らだったか私は知らないが、ただそのうちの一部で一身田の小林の持ち家を一つ買い、喜久屋の二階から移り住んだ。それから数年間はその残金で食いつないだ。しかし激しいインフレの中、生活は困窮を極めた。私も少しでも家計を助けようと一日中の遊びも家計に協力できることに集中した。当時一身田郊外の小川には鮒や鯰やどじょうなどが無数に居た。小学校五年の同級生高根君はそれを大きなたも網で獲って来て近所に売り歩いていた。私も彼について歩いてバケツを持つ役だったが次第に自分も網を使ったり、かい獲りといって小川をせき止めて水を汲み出したりして、うなぎや鯰を獲ることを覚えた。大物はともかく、夏の小鮒は生臭くてとても食べる気にはなれなかった。当時私の家では鶏を四十羽程飼っていたのでその餌として与えることにした。一度出かければ二百から三百尾の魚が獲れた。そのうち元気なものは素焼きの瓶《かめ》で飼い、死んだものはその日のうちに鶏に与えた。また「かえる草」という水辺に生える草も同時に採って来て、それも放り込むと鶏はうまそうに食った。卵は小林の親戚や近所の人に分けていたがどれほどの収入になったかは知らない。

五年生になって背が少し伸びたので、自転車は三角乗りから本乗りができるようになった。まだしっかり足が地に着くわけではないので不安定ではあったが、とにかく真直ぐ漕げるので藷も四貫目程積めるようになった。

その頃、牛乳配達の話が舞い込んだ。隣村の大里村窪田にある伊東牧場が取りにさえ行けば牛乳を売ってくれるというのだ。我が家と小林一族、他に病気の人を抱える近所の分合計二十本程の量が見込めた。片道二キロ程、往復一時間で月給は三十円ということで私が行くことになった。

伊東牧場は乳牛十頭程で夫婦とその親父さん、それに主人の妹の「出戻りさん」という女性の四人で経営していた。当時の牛乳ビンはあの口の広い牛乳ビンではボール紙の蓋がはずれやすいのであまり使われず、細い口のミルクコーヒーのビンや醤油の一合ビン、時にはビールの三合ビンなどに木の栓をして使っていた。あまり衛生的なものではなかった。私が空きビンを持参してテーブルの上に並べるとじょうごを次々に差し込んでビンを満たして行く。最後にコップが一個置いてあって私に飲ませてくれるのだ。特に「出戻りさん」が当番の時は大きなドンブリに満々と注いでくれるのだった。

隠居の親父さんは昔鉄砲をしていたので、時々ふらりと現れては「嘉満池に鴨が着いとるぞ」とか「朝、川北の藪の前の田圃に雉子のつがいがいつも餌取りに出てるぞ」というようなニュースを父に言づけるのだった。また夏には流し網や投網をやっていて捕って来た大鯰やスッポンを水槽に泳がせては見せてくれた。

寒い冬は朝起きるのがつらい時もあったが小林の親戚や近所の人からも喜ばれ期待されてもいたのでほとんど毎日、年三百六十日くらい続けて約二年半が過ぎた。

中学一年の夏休みのある日いつもの様に牛乳四リットル程を二十本のビンに詰め自転車の前後左右に四つに分けて積んで帰路についた。伊東牧場を出てすぐのところに大里村から一身田町へ通ずるバイパスのような坂がある。国鉄参宮線の上を跨ぐ陸橋のところが一番高く二十米程のスロープになっている。いつもその坂を降りる時は牛乳の重みもあって自転車はかなりのスピードが出て爽快だ。

その日も跨線橋を過ぎてスピードに乗ろうとした時、坂の下から三台の大型車輌が昇って来るのに気付いた。「進駐軍だ!」その車輌の色を見てすぐにわかった。自動車などめったに通らない道でしかも道杯に拡がった大型車輌に私はあわてた。ブレーキをかけるにはスピードが出すぎていてかえって危険だと思った。道の左端ぎりぎりのカーブをすり抜けようとした。しかし車は私の自転車を除けようともせず昇って来た。先頭の車輌の側面に私の握っている自転車のハンドルがかすったように感じた。「危ない!」と思った途端、ふわりと宙に浮いた。「あっ」という間の出来事だった。私は自転車に跨ったまま道路脇の斜面へ飛び込んで行った。その瞬間二番目の車輌の窓からアメリカ兵の赤い大きな顔が見えた。男は笑顔さえうかべているようだったが、そのまま車を止めるでもなく私を黙殺して去った。しばらく気を失っていたが、ふと気付くと木端微塵になった牛乳ビンがあたりに飛び散り、自転車のハンドルも大きく曲っていた。私自身は肩や腰などをしたたかに打って痛かったが、幸い斜面に茂った雑草のお蔭で大きな外傷はなかった。私はふと今日の当番はあの親切な「出戻りさん」だったことを思い出し、ひん曲った自転車を曳いて伊東牧場に戻った。「出戻りさん」は泥まみれの私の服を濡れ手ぬぐいで拭き取り、改めて二十本の牛乳を詰めてくれた。隠居さんが出て来て曲った自転車のハンドルを直してくれた。

私は何食わぬ顔で家に帰り事故のことは黙っているつもりだった。しかし牛乳のビンが全部一斉に変わってしまった事や、私のズボンの破れから隠し通すことは難しくなり、母に白状した。母は非常に心配し、小林一族の人や近所の人に説明して私の牛乳配達はやめるようにした。ちょうど私も中学に入ってから電車通学になり朝の早起きは厳しくなっていた。また伊東牧場の方でもお客が増えて来たので専門の配達人を数人雇うことになっていた。それを潮時に私の牛乳配達は約二年半で終った。月給三十円はあの激しいインフレの中にあっても最後まで三十円のまま固定された。貯めた金は約千円になった。最初に買ったのは忘れもしない四百八十円のグローブだった。固い馬革のグローブではボールを受けるには程遠い代物だった。運動具店の店主はドロースという油剤の小ビンを一本くれて「これを塗って揉んでおくよう」言ったがその程度では全然しなやかにならなかった。すると同じクラスのグローブを持っているある生徒が「マーガリンを塗ればいい」と教えてくれた。その頃ガリオア、エロア（どちらもアメリカ政府による占領地域救済資金の名前）の学校給食が始まり脱脂粉乳とコッペパンにマーガリンをつけたものが配られていた。私は当番の女の子に頼んでマーガリンを一篦《ひとへら》おまけしてもらい、それを鼻紙かハンカチで包んでグローブに塗り込んだ。十日程してようやくグローブらしいしなやかさが出て来た。

二つ目の買物は中学一年の夏休み前だった。ある夜ラジオを聞いていると美しい調べが流れて来た。古い大きな電気蓄音機で「オカダラジオ」というブランドだった。つい三年前まで「紀伊半島沖合上空にてB29数百機旋回集結中」という緊張した声を聞いていたのが嘘のような妙なる音に惹きつけられた。『モーツアルトのセレナーデ』と聞いた。翌日、津のレコード店に行った。『アイネ・クライネ・ナハトムジーク』K五二五、ブルーノ・ワルター指揮、ウィーン・フィルハーモニー管弦楽団というSP二枚綴りの盤を出してきた。たしか五百円くらいだったたと思う。早速買って戻った。それから毎日、毎日針がすり減って取り替えるまで聞いた。

「ハハ、ハヘイ、ロニト」に振り回され恐怖に首をすくめていた「音楽」と、この美しい「音楽」の何という違いだろう。「平和」というものの有難さ、素晴らしさを心から感じた時間だった。

＊

会社を退職しテレビを見ている時だった。ある映画の画面が目に飛び込んで来た時、私は突然悪寒に襲われたように身をすくめた。映画は『E・T』という映画で、自転車に乗った少年が漕ぎながら空を飛んでいた。七十年以上昔の記憶がトラウマとなっていたのだ。

その数年後沖縄へヤンバルクイナの観察に行った時だ。朝早くヤンバルの森に続く道路脇に立っていると、その前をアメリカの軍用車が二、三台轟音を立てて通った。あの時と同じ色をした車だった。アメリカ兵の赤ら顔がちらと見えた。「ああ、まだここでは戦後は終わっていないのだ！」私はヤンバルクイナの事を忘れて立ちつくしていた。

ズボンの裾にゲートル

小川　正子

私の終戦は十歳の夏のことでした。

埼玉県の小さな町で、兄三人、姉二人の六番目の子供で、小学校四年生。長兄はすでに中学校を終えて、学校から軍隊に入っていました。姉二人は地元の高等女学生。下の兄二人は県立の、遠くまで通う中学生でした。二時間位かけて、電車で通っていました。ズボンの裾にゲートルというウールの細い布を足に巻きつけて、兵隊さんと同じようにするのですが、巻き方が悪いとずり落ちてしまい、十三、四歳の兄達は毎朝大変のようでした。

八月に入り敗戦間近の頃は、昼夜を問わず連日重い音をたてて、B29という敵の飛行機が頭上を飛んでいました。その音がすると町のサイレンが鳴り、勉強どころではなく、兄達の掘った防空壕に入ったり、飛行機の音がおさまらないと、近所の人達と夜でも頭巾をかぶり、山の方へ逃げたりしました。山までは遠いのですが、連日のように夜道を、こわくて暑い中を、三十分以上も逃げまわりました。いつもガタガタと震えながら。

八月十五日までそんなことが続いていましたが、終戦になり、ラジオの前で天皇陛下の放送を、かしこまって、皆で泣いて聞いていました。ほっとしたのに、死ななくていいんだと思っても、泣いていました。十歳の私は多分、皆が泣いていたので一緒に涙を流していたのかも知れません。

八月十五日の後は、都内に住んでいた母の妹家族五人が二階に引っ越してきました。十人以上の人達が一緒に住んでいましたので、いつも食料が足りませんでした。お米の代わりに配給になったさつま芋ばかり、毎日たべなくてはなりません。育ち盛りの子供にはつらく、いつも白いご飯が食べたいと、口癖のように言っていたのを覚えています。

そんな日々が続いていた或る日、うれしいことに長男が復員してきまして、家中が賑やかになりました。大好きな兄が帰り、私は本当に喜びました。これで家族皆が揃い、本当の終戦を迎えられました。

戦後七十年も経ち、あのような苦労が無いように、今、この幸せが続くことを願っています。

（平成二十九年　八月二十三日）

戦闘場面だけが戦争ではない

柳瀬　重維

　戦争とは、私の中では、戦争の影響が色濃く残る日々を過ごした期間をも含めてという意味である。昭和二十年八月十五日の昭和天皇の「堪えがたきを堪え…」というお言葉で実際に弾が飛んで来ることは無くなったが、その後の日々も正に耐乏の日々となりました。陛下のお言葉は自宅の座敷で、縦長のラジオの前に正座して聞きました。雑音が多く、全ては聞き取れませんでしたが、戦争が終わった事はハッキリと理解できました。

　時に私は十歳、山口県下関市長府町にある豊浦国民学校の五年生でした。ラジオ放送を聞くように言われたのが父であったのか、先生であったのかは記憶にありませんし、ラジオの前に誰が居たのかも覚えていません。自分達も軍国少年に育てられていたので、半ば茫然自失状態だったのかも知れません。でもその日の夜から、それまで灯火管制のため電灯を覆っていた黒布が取り払われて、少し明るい光の下で過ごせるようになって嬉しかった事を覚えています。

明るいといっても、精精二十ワットか四十ワット位のものでしたが、屋外に光が漏れないように神経を使う必要がなくなり、それだけでも解放感に浸れたように思います。しかしながら一方で、間もなく進駐軍が上陸して来たら女性に危険が及ぶ、というような流言飛語も耳にするようになっていきました。

私が一年生になる昭十六年に、小学校の名称が国民学校になり、その年の十二月八日、太平洋戦争が始まりました。豊浦小学校は乃木大将の出身校でもあり、低学年時から軍事教練にも力をいれていました。教育勅語なども全部暗記していましたし、毎日の朝礼時に校長先生が奉納殿から恭《うやうや》しく取り出して読み上げられる教育勅語を、「気をつけ!」の号令一下全員直立不動の姿勢で頭を垂れて聞かされていました。

服装は、夏冬とも原則として下着と制服の二枚、男子は半ズボンで素足にズック、しもやけが酷い場合のみ靴下を履くことが許可されました。四年生以上になると、自分で足に脚絆《ゲートル》を巻いて校庭に整列し、先生の詩吟を聞き、関門海峡側にある二宮神社から日本海側にある一宮神社まで夜行軍をさせられました。学校に駐屯していた軍隊の行軍に出会うと、その少し後から歩調を合わせながら付いて行ったりもしていました。体育教育は軍人になる為の体力作りが主体で、家では飛行機や軍艦の絵ばかり描いていましたし、何の疑問も持たない立派な軍国少年になりつつありました。

ただ、食料事情は日に日に困窮の度を増していきました。生き抜かなければならない、その為には食べなければならない、でも食べるものが無い。「欲しがりません、勝つまでは」というスローガンが流布される状況の中での食料調達は困難を極めました。学校の運動場は全てサツマイモ畑と化し、米は一ヵ月一人当たり三合のみ配給、魚も配給となりました。その食料も尽きれば終了、受け取れません。九人家族中、父は勤務、長兄は軍務、次兄は遠方に進学中、残る男手の最年長は小さな小学生の自分。毎月の米の配給日には朝四時頃起床し、一斗缶を抱えて三十分程の暗い道を歩いて配給所に並び、残りの七人分の配給米を受け取って、坂道を頑張って家路に就きました。

また、母から預かった衣類を持って山道を越えて農家に行き、食料と物々交換をする事も度々でした。これは闇取引で御法度ですが、背に腹はかえられません。警察にみつからないようにと願いながらの行動は冷や汗ものでした。更に毎朝、新聞で潮の干潮時刻を確認し、学校帰りに時間帯が引潮の場合はそのまま直接海岸に行って貝や小蝦、潮溜まりにいる小魚などを獲って帰るのも私自らの役目としていました。

いよいよ配給米も枯渇してくるようになり、沈没船から引き揚げられた高粱《こうりゃん》（中国産のモロコシ）や油分を搾り出した残りの大豆かすまで配給されるようになりました。特に海水に浸かった高粱は人糞に近い悪臭を放ち、鼻をつまみながら口に入れていました。この頃になると、みそ汁は薄く、芋の葉や茎が浮いているだけになりました。母乳の出る筈はなく、僅かな配給米から重湯を作り、一番下の小さな弟に与えられていたので、自分たちはゴハンなどあり得ようもなしでした。それでも母親は皆が何とか口にできるようなものを工夫し尽くしていました。こういう状況下にもかかわらず、母親はいつも子ども優先で、自分は「後で」と言っていました。

戦況が厳しくなり、要塞地帯であった下関にも敵機が襲来し、照射されたサーチライトのもと、真上の上空で日本軍と空中戦を展開するようになり、防空壕の中から首を出して眺めていました。追撃され火を噴き上げながら舞い落ちて行くのを見て、勝った！と思って手を叩いたら、どうも違うらしいという事も度々でした。敵機からは大量の焼夷弾や宣伝ビラ、電波障害を狙った帯状のジュラルミンの束が投下されて来ました。焼夷弾が庭木に引っかかって燃え上がり、慌てて消火作業に加わった事もありました。

学校に居る時に警戒警報が発令されると、自宅まで遠近に関係なく「五分間下校！」の号令で、全校生徒一斉に走って帰宅させられました。途中で「空襲警報」のサイレンが鳴ると近くの橋の下や大木の影、芋畑等に身を隠し、警報解除を待つ決まりでした。自分の家までの坂道を通って走って帰っても三十分近くはかかるので、五分間下校は不可能です。それでも帰らねばならないので、普段から大小の橋や山道、林や畑など隠れる場所を確認していました。実際に、近くで機銃掃射の音を耳にすることもありました。この様な状況下でも僅かな時間を見つけては子どもどうしで集まって、元気に野原を駆け巡り、戦争ごっこ、木登り他様々な遊びを工夫して楽しみ、遊び疲れても誰もヘコタレタ姿は見せませんでした。

昭和二十年八月十五日をもって、戦闘に終止符が打たれましたが、世の中の価値観は一変し、今まで「是」とされていたことが「非」とされるようになりました。学校では使用して来た教科書の多くの箇所を墨で真黒に塗りつぶす作業をさせられました。私もガタガタのトラックに乗せてもらって買い出しに行ったこともあります。学校に駐屯していた軍隊は解隊され、蓄えていた食料を全て持ち去りました。皆、必死だったのです。

そこに矢継ぎ早の改革で農地解放政策が実施され、不在地主所有分は全部取り上げられるようになるというので、福岡県久留米市にある僅かばかりの先祖伝来の屋敷と田畑を守り、自給自足の道を選ぶために、昭和二十年春、帰郷することになりました。父は近衛師団除隊後、内務官僚に転じ、数カ所の勤務を経て下関に在務中でしたので、父を残して母、姉妹、弟二人と共に計六人が故郷に帰ることになりました。

当時の列車は運行本数も少なく、切符の確保も儘《まま》ならない上に人が溢れて、人の上に人が乗っていて、網棚の上からも足がぶら下がっているというような酷い状況でした。挙句、窓から乗り降りせざるを得ませんでした。途中での列車乗換もあります。この有様では定時運行など出来る筈もなく、その上ガタガタ大きく揺れる車輛と舞い込む煙塵を浴び、最終目的地に着いた時には真夜中、疲労困憊です。

故郷の家は、曾祖父《そうそふ》が村長だった時代に洪水があり、そのときの臨時村議会をここで開催したという程の広さがあったそうです。終戦前年の春、借家人の失火で全焼していたため住む家もなく一時的に親戚に身を寄せることになりました。

先ず、隣町にある母の里、八百年程の歴史を刻む八幡宮の一室にお世話になることにしました。連絡手段は手紙のみ、電話もタクシーもない時代です。列車の事情を即時に連絡する手段などなく、重い荷物を抱えてトボトボと夜道を歩いて行きました。ようやく着いたところ、伝染病の病人が出ていることが判り、ここに留まる訳にはいかないという話になりました。仕方なく急遽、同じ町にある母の弟にあたる叔父の家を目指して、また足を引きずるようにしながら夜道を歩いて行きました。幸い、突然のことにも拘らず、快く引き受けて貰い、一室を借りることができました。ここに一ヵ月ほどお世話になって、その間に、帰るべき村の落ち着き先を探すことにしました。これも幸いなことに、お婆さんが一人暮らしされている農家の一室を間借りすることができて移り住み、私は福岡県三井郡大橋村（現大橋町）の大橋小学校六年生に転入しました。

母も農業経験ゼロ、小規模田畑では牛馬など飼うこともできません。必要な農機具は何か？自分達で扱えるのはどれか？様々な種子は何処から手に入れるのか？　というようなイロハから学ぶ必要があります。村の協力者を少しずつ覚えて行きました。労力の応援を受ければ、こちらからも労力のお返しをすることになります。とても母一人の手には負えません。勢い自分も積極的に労力の担い手となります。身を粉にして働く母を一人にしてはおけないのです。肥料集めに道路に転がっている馬糞を一輪車で拾ったり、母と樽を担ぎ我が家の人糞を畑に撒いたりしました。田植え、除草、稲刈り、脱穀、麦畝《うね》作り、麦踏みなど、何でもやりました。小さな身体で、必死に米俵を担いでいました。

一年が経ち、中学生になりました。義務教育になったので進学勉強をする必要もなく、作業に時間を割くことができました。当時は国にも地方にもお金がなく、困りごとは自分達で協力して解決していきました。そのために賦役《ぶえき》という考えで各家に人夫を割り当て、順番が回ってきました。一番大きな労働は、村が面している筑後川の反乱洪水対策で、川の蛇行部分を直線に改修するというものでした。朝、中学校に皆が登校している時に顔を合わせながら、私一人スコップを担いで大人達と一緒に作業現場に行きました。背丈以上もある大きなトロッコにすくった土を放り入れました。子どもには非常にキツイ仕事でしたが、誰一人文句を言わず、黙々と働き、自分たちの土地を守ろうと力を合わせました。

物資不足の中、昭和二十二年、小さいながら待望の我が家が建ちました。不足しているものは自分で作りました。藁を刻み、土を捏ねて竈《かまど》も作りました。残材で食器棚や本箱も作りました。草鞋も鳥籠も、必要とあれば何でも自作しました。母が用事で日中不在になる時は、四十分程かかる中学迄の坂道を、小さな末弟を背負って登校し、弟を教室の後ろに置いて授業を受けていました。もちろん、引き続き農作業にも精を出していました。

高校も学区制に従って進学しました。列車で二駅でしたが、貨物列車に客車二両が連結されているだけのため、満員の時は貨物車両に乗っていました。運行本数も限られているので、時間のやりくりにも工夫が必要でした。ゴム草履やゴムシューズで登校していました。この様な状況は高校を卒業した後も続いていました。農作業の忙しさも相変わらずでした。

これまで額の汗はしっかりとかいて来ましたが、脳内の汗はほとんどかいて来ませんでした。お陰で見事に受験に失敗し、浪人の憂身《うきみ》となりました。弟二人はまだ小さいながらも成長して来ているし、母は苦労を重ねて歳を取り、気がかりではありましたが、行く末も考えて、思い切って上京したいと父に許可を願いました。幸い激励を受けて新しい世界に進むことにしました。大学で出合った素晴らしい先生方や全国から集まった学友達に恵まれ、初めて学問の面白さ、広さ、深みに触れ、同時にまた父の縁で鎌倉の名刹円覚寺内の庵に三年間の起居を許されて静謐な環境の中に身を置く幸運に恵まれたことと併せて、ようやく私の中の「戦時」は一区切りの時を迎えたように思ってきましたが……。

しかし、一つ気になっていたことが残っていました。私が生涯たった一度だけ父の涙を見たことです。それは昭和二十二年四月、ビルマ（現在のミャンマー）戦線における長男の戦死公報が届いた時でした。長男には恋人もいて、もし戦死しなければ結婚して家庭を築き、長男としての役目を果たしていた筈です。

時を経て、戦死から七十三年後の今日、四百三十四年守ってきた故郷に幕を下ろす役目を担うことになった私には「戦時」の尾がまだ引いているということになります。

不思議な事に、自分の戦時を過ごしてきた過程で、一度も辛いとか、苦労したとか、大変な目に遭ったとか、しんどかったとかいう感情を持ったことがないのです。それは「戦時」も日常化すればそれが当たり前の日々となってしまい、特別な事と考える余裕などなくなるということかも知れません。これは実に恐ろしいことのように思えます。しかしまた、私自身が心身の破壊を招くような酷い目に遭ってないからとも言えるでしょうし、その点から言えば、私の過程など書き残すほどのことはないかも知れません。それでも一つ言えることは、戦闘場面だけが戦争ではない、ということであり、その影響は広範囲に、長時間に亘って大小様々な影を落とし続けるということです。戦争がなければ、私の過程も全く異なった道となったでしょう。どのような問題も、常に「自分がその立場だったらどうするか」を考えることが一番大切だと思います。

私たちの世代が歩いて来た道のりは、「全てものが整っていない」状態が基準だったので、それを一つひとつ自ら努力してモノにすることで、達成感や喜びを味わって来ましたが、現在は「全てのものが整っている」状態が基準になって、少しでも欠けた部分があると直ちに不平不満が湧き起こり易くなりました。これも大切な事ですが、皆が協力し合ってかけているものを自ら作り上げて行くエネルギーも大切にしたいものです。

（平成三十年十二月八日　記）

夜、布団の中で泣いた

柴田　久子

部屋の中の畳を上げ、防空壕作りを手伝ったことが思い出されます。

昭和十八年頃から、小学生は縁故疎開か集団疎開か決めることになり、日本橋芳町東華国民学校（現在日本橋小学校）に通っていましたが、田舎に知人はおらず、親は集団疎開に決めたようです。

埼玉県入間郡毛呂山町の長栄寺と高福寺になり、友達と一緒だからと、始めは遠足気分でしたが、日が経つにつれ、まだ四年生、淋しくて家に帰りたいと思っていました。友達何人かは途中から縁故疎開に変わって、親が迎えに来るのを見て羨ましくて、夜布団の中で泣いたことも何度かあり、我慢の毎日でした。

親も大変だったと思います。面会にも来てくれましたが、東京も食料もだんだん厳しく、空襲も激しくなり、山の上から東京方面に真っ赤な火が見える時があり、家は大丈夫なのかと心配しましたが、幸い焼けず無事でした。

玉音放送は、町長さんの家のラジオを全員で聞きましたがよくわからず、日本が負けたことだけはわかりました。

お寺に帰ってきて、先生が裏山に行き、アメリカ人が来るからと竹やりで戦う訓練をするように言われ、みんな真剣に練習したことを鮮明に覚えています。

今まであまり思い出すことを避けてきたように思います。良い思い出はありません。

この頃の世界の情勢を考えると心配です。

これからも平和であるよう願います。

戦争は何も良いことは残しません。

毎日防空壕に行く

浦　節子

戦争について考えることは、今は少し薄れてきていますが、本当に戦争は絶対にいやだと思っております。

私は、佐世保で生まれて佐世保で生活してきた人間です。四十五歳で東京に出てきました。戦争中は、十歳位ですので明確には説明できませんが、毎日防空壕に行くことばかりで、母が言うことだけで動いていたように思います。

ただ、佐世保の町が空襲に遭うようになってから、小峰という所に疎開しましたが、小学五年生頃幸いにも家が焼けなかったので、帰ってきたことを覚えています。

その時、戦争が終わったのかなーと思いつつ毎日を過ごしているところに、外人さんが道を歩いているのにびっくりした思い出があります。

佐世保は軍港地だったので、一般市民には、いろいろな事は流れてきません。その時になっても戦争に負けたのだとはっきりしていませんでした。

私はあまり考えもなく毎日学校に行けるようになったので、気にもかけず暮らしていましたが、母は妹と私と二人を食べさせることで、毎日悩んでいたのかなーと今になって思います。朝早くから出かけて、南瓜やじゃがいもやお米を買って帰ってきておりました。父はその時「ボルネオ」に行っていましたので、帰ってくるかどうかわからなかったようです。しかし、おかげさまで帰ってきました。その後は、普通の学生時代をおくる事ができました。

12歳

氷雪の門　貝　啓

建物強制疎開　森田　淑子

氷雪の門

貝　啓

私が終戦の玉音放送を聞いたのは、今はロシア領サハリンとなっている、樺太の豊原市で、中学一年生の時でした。

北辺の地であった為、当時の樺太は、日本本土や南方中支などの過酷な戦闘状態とは全く無縁の楽土でした。

それが、日ソ不可侵条約を一方的に破棄したソ連軍の侵攻によって、事情が一変します。あろうことか、終戦宣言をした一週間後の八月二十二日、白旗を掲げていた豊原市街はソ連機の爆撃と焼夷弾を浴び、市の東部が焦土と化します。

国境を乗り越えひたすら南進するソ連軍の、迫害や略奪に遭った事例は数多く残されており、最後まで戦況を本土に打電し続けた上、身の純潔を守るため青酸カリで自害した真岡電話局の九人の乙女の惨劇『氷雪の門』もこの時のことです。

私達一家は市の中心部に住んでいた為、極端な被害には遭わずに済みましたが、それでも自動小銃を肩に土足で侵入してくるソ連兵から家族を守る為、素手で立ち向かっていた父親のことなど、今思うと当時の親は本当に強かったと思います。

私達の中学校校舎は、ソ連の将校官舎として接収された為、焼け残っていた小学校校舎を転々と間借りし、勉強を続けることになります。

我が家の一部はソ連外交官夫妻に間貸ししたりして、戦後二年間、ソ連人と共存しながら暮らし、昭和二十二年春、一人十キロと決められた荷物と共に住みなれた故郷を後に、引揚船で函館に着き、日本での新しい生活が始まったのです。

サハリンとなりたる島の朧かな

建物強制疎開

森田　淑子

私は昭和八年三月、東京小石川で生まれました。

昭和十六年十二月八日、第二次世界大戦が始まりました。だんだん戦争が激しくなり、東京が焼け野原にならないように、昭和十七年頃だと思いますが、巾三十メートル道路を作るために建物強制疎開が始まり、私の家は戦車でつぶされました。

六年生の時、宮城県鳴子温泉に学童疎開で行きました。鳴子では山から薪を運んだ記憶があります。

昭和十九年三月九日、六年生は中学受験のため列車で東京上野へ向かいましたが、空襲のため北千住で停まってしまい、小石川まで歩いて帰りました。

その途中、顔がススだらけで、着物もボロボロの人の多さにびっくりしました。それは東京大空襲があったからでした。

私の受験校も焼けてしまいましたので、栃木県佐野へ縁故疎開をして、そちらの中学へ転入致しました。

佐野の中学では、学業より、農家のお手伝いが多かったように感じました。一番つらかったのは、ものもらいができている時の、三番田の草取りでした。

13歳

毎日が殺戮の訓練　中村六郎

農家に買い出しに　木下照子

毎日が殺戮の訓練

中村　六郎

昭和二十年の四月、私は旧制中学に入学した。学校に行ってみると、上級生は一人もおらず、全員、戦時動員されていて、学校にいるのは今年入学した一年生だけであった。入学はしたものの、授業らしい授業を受けた記憶はない。学校でやることといえば、軍事教練と防空訓練であった。教室の大部分は空いたままで、机は埃に埋もれていた。校庭には、疎開してきた沢山の織機が赤く錆付いたまま放置され、その横に数体の藁人形が立っていた。教練の最後は、その人形が相手であった。

教練を行うのは中年の配属将校で、彼の命令一下、生徒は藁人形に向かって突撃の訓練を繰り返した。順番に、二十メートル位手前から大声を発しながら突進し、木銃で藁人形の左胸部を突き刺す。まさしく毎日が殺戮の訓練であった。

東北の片田舎の盛岡でさえも、空襲を受けるようになっていた。鬼畜米兵との本土決戦、一億総玉砕、教えられる情報はそれしかなかった。一人でも多く敵兵を殺してやろうと真剣であった。

その日は、朝から真夏の太陽が照りつけ、うだるような暑い日であった。暑さを避けてみんなじっと家の中に引き篭もっているのか、通りには人影もなかった。珍しく、朝から警戒警報の発令もなかった。いつもは緊迫した声で敵機の襲来を告げているラジオも、その日は何故か静かだった。何となく気怠く、妙な静けさが辺りに満ちていた。そして、その妙な静けさを、降り注ぐような蝉しぐれが余計に引き立たせていた。

盛岡の盆は、ひと月遅れの盆である。その日、盛岡の街はお盆休みの最中で、大方の生産活動は休止していた。街中が静かなのはそのせいでもあった。お盆の間は、家々では仏壇を盆提灯で飾り、灯明と線香を上げ、果物等をお供えして、静かに先祖の御霊を供養する。また、毎日お寺とお墓にお参りし、夜は通りに迎え火、送り火の篝火を焚くのが習わしであった。しかし、その年は灯火管制がしかれ、襲来する敵機の目標になるので、篝火は禁止になっていた。

当時、中学一年生の私は空襲に備えた学校の警備要員として、交代で、泊まり掛けで学校に詰めていた。その日、私は非番で家にいた。その頃、どの家でも、家に残っているのは老人と子供だけであった。若者は全員徴兵、徴用されていた。わが家で家にいたのは、父（五十五歳）、母（五十一歳）、足の悪い兄（二十五歳）、私（十三歳）、妹（十一歳）、の五人であった。二人の兄（二十三歳、二十歳）は徴兵と徴用で不在であった。

その日の昼にラジオで重大発表がある、と繰り返しラジオが告げていた。このような予告のある報道は珍しいことであった。何かは分からないが、余程重要なことであるに違いない。十二歳の子供の頭が想像するのは、いつもと同じように、どこかの戦闘における大勝利の発表であった。何となく戦況がよくないようだと感じてはいたが、学校で教わったとおり、やはり神風が吹いたのだ。神国日本は、危機になれば、必ず神様が救って下さる。歴史がこれを証明している。昼のラジオ放送は大戦果の発表に違いない、とその刻の来るのを待った。

常居（居間）の片側に茶箪笥があり、その上にラジオが置かれていた。ザーザーと雑音の多い、2球真空管のラジオであった。周波数を合わせるのにも細心の注意が必要で、ダイヤルを回すと、いたるところでピィーピィー、キューキューと大きな音をたてた。耳をラジオの側に持っていき、注意深く周波数を合わせる。それでも、雑音が総てなくなるわけではない。このあたりが一番いいかなと思う処で我慢をするという代物であった。

昼になり、そのラジオから重大発表が放送された。ラジオの側に立ち、耳をそばだててその放送を聞いた。驚いたことに放送は、天皇、いや天皇陛下、御自らの玉音放送であった。当時は単に「天皇」という表現はなかった。もし、そう言った者がいたなら、それは間違いなく不敬罪になっただろう。天皇の「天」という言葉を聞いただけで、全ての者は、その場で直立不動の姿勢をとらなくてはならなかった。天皇は神であった。全ての学校には必ず御真影（天皇、皇后の写真）を納めた奉安殿があり、登校下校の際は、その前で最敬礼をしなければならなかった。奉安殿にはいつも鍵がかかっていた。中がどうなっているのか、興味はあったがそこは神聖な場所であり、中を見た者は目がつぶれるという噂を信じていた。

神とは、などという難しいことは子供には分からない。現人神《あらひとがみ》であらせられる天皇陛下は、世界中で最も偉いお方であり、尊いお方であると教えられていた。

それまで、神様である天皇陛下のお声を聞いたことはなかった。ラジオで玉音が放送されたことは一度もなかったし、ニュース映画でも白馬に跨がった大元帥姿の映像はあったが、玉音を耳にすることはできなかった。神様の声とはどんなお声だろう。子供心に関心と期待があった。

かすかにラジオから流れてきた天皇の声は、聞き慣れない奇妙なものであった。なんだこれは?!　わたしの第一印象であった。子供の心は純真である。どう考えてもこれは神様の声ではなかった。発音も抑揚も、学校で習った正しい日本語ではなかった。これが教えられてきた神様の声とは！　私は失望し、疑念を持った。後で聞くと、これを神々しく聞いたという人もいるというから分からない。

天皇の声の良し悪しは兎も角、何か戦争が終わったらしい、という雰囲気は分かった。

だが、戦争に負けたという感じはなかった。日本が戦争に負ける等ということはあり得ないことだったからである。ラジオでも終戦とは言っていたが、確か敗戦とは言っていなかったようだ。兎も角、当分は空襲はなさそうである。毎日の灯火管制からも解放されそうである。何となく、ほっとした気分になった。

二階に上がり、畳の上に転がって、手足を思いっきり伸ばしてから、しばらくは呆然としていた。

辺りは静か、蝉の声だけが相変わらず聞こえていた。

農家に買い出しに

木下　照子

私が終戦の日を迎えたのは女学校二年の夏で、学校の職員室前の芝生に正座して玉音放送を聞きました。何が何だか理解できず、唯々戦争が終わったという事だけ解りました。思えば私は昭和六年満州事変勃発した年に産まれ、昭和十二年支那事変へと進み、そして大東亜戦争へと進んでいった時に育ったのです。

我が家は豊島区千川町にあり女学校へは歩いて二十分位の所で爆撃にもあわず、我が家の裏は畠と、のんびりした所で疎開もせずに終戦を迎えました。でも池袋は三月十日の爆撃ですっかり焼け野原となり、家の近くにも不発弾が落ち、すぐ近くまで焼け野原となり、裏の畠に逃げてくる人が大勢いました。

夜は敵の爆撃にそなえ、電気には風呂敷をかぶせ光が外にもれないようにしました。警戒警報が鳴って、飛び起きる事が度々でした。

終戦後はアメリカが駐在してきました。

食料は不足し配給制度となり、魚、米、野菜等を並んで買ったのを覚えています。アメリカが進駐してからは米の代わりにザラメ、大豆の油かす、麦（何麦か解りませんが口の中でとげがいがいがする）が配給になり、もちろん育ち盛りの我々には不足し、母は所沢の農家に買い出しに出かけました。買い出しでは着物を持っていき、拝み倒して、いも、南瓜を買い求めてきてくれました。買い出し列車もすごく混んで、大きいリュックをかついだ知り合いの小母さんが電車と電車の間に押しつぶされ圧死したと聞きました。

家の庭は全て畠となり、里いも、小松菜等を植えました。野の草（あかざ、ぎしぎし等）も食べさせられました。又、海草めんを食べ、さつまいもの粉で真っ黒のおだんごを作って食べたりしました。又配給のザラメでカルメラを食べたりしました。お金も封鎖といって、きめられた金額しか引き出せなく、私の家では父が満州から返って来られなく、お金が不足し母もダンサーの服を縫ってお金をもらい、私も手袋の刺繍を手伝いました。家にある本を売り、生活の足しにしました。

終戦後しばらくして池袋の近くの焼け跡に闇市が出来、お金を出せば何でも求められるようになりました。

女学校三年の時には、戦争から帰っていらした先生が受け持ちとなりました。当時女学校四年と五年で大学受験が出来たので、姉は四年で東京女子大へ入学しました。私は二年後でしたので、女学校五年で卒業し、青山学院高等部三年へ編入しました。それで、念願の電車通学が出来るようになりました。

父は私が三年の時、満州から引き揚げてきて家族はそろいましたが、すぐ大阪へ転勤となり、又々別居生活となりました。父が別居し二ヶ所にわかれての生活なので、又々お金が足りなく、母は助産所からワイシャツ等を縫う仕事をもらい、ミシンの仕事で収入を得ていました。

青山へ編入する頃から、だんだん落ち着いた世の中となりました。

私は高等部から大学へと進みました。大学のある渋谷にも都電が通っており、大学の前のそば屋で二十五円のきつねそばをよく食べたのを思い出します。今考えてみると、私などは家も焼かれず、空襲警報が鳴ると防空壕に入り、アメリカのB29が編隊で通過するのを眺め、家族は一人も欠ける事が無かったので、広島、長崎の方々に比べたら恐ろしい思いもせずに、皆様方と一緒に食料や衣料の不足を味わい、自分だけがひどい目にあったわけでもなく、幸せだったのかも知れません。

しかし戦争は、多くのものを失い、不幸になる方もあり、良い事は一つもありませんでした。

14歳

着のみ着のまま　庄司　千恵子

機銃掃射　真野　守栄

着のみ着のまま

庄司　千恵子

私は現在、八十七歳。終戦を迎えたのは暑い夏の八月十五日、十五歳の時でした。たぶん兄姉達は田んぼの仕事で、昼食で家に帰ってきた時だと思います。お昼でした。重大ニュースを天皇陛下のお言葉で、終戦を知ることになり、何か子供心に慎重な気持ちで聞こえたように思います。

前の日までは戦争に勝つのだと思って信じていたのに、何かむなしく、又ある半面ほっとした心境のようにも思いました。

あの当時は食糧難で、御飯はおかゆとか豆御飯とか、さつま芋ご飯をよく食べました。又、私の経験としては、仙台空襲のあの当時はまだ高層ビル等建っていませんでしたし、辺りは皆平野でしたので、B29から爆弾が投下されるのがよく見えたので恐く、おびえながら見ていた記憶があります。

又、その時祖母と姉は、丁度仙台の祖父の家に行ったものですから空襲にあってしまい、着のみ着のまま夢中で逃げ廻ったそうです。もう帰ってこられないとばかり思っていましたけど、無事元気で帰ってきたものですから、ただ泣くばかりでした。

姉と祖母は、私にとっては母と同じ。

母は私が二歳の時、お産で六人の子供を残して亡くなってしまったのです。幸いにして、私は兄姉が優しかったので、とても幸せな人生だったと思います。

最近は、毎日が核のニュースで心が痛いです。

何事もないように、祈るだけです。

機銃掃射

真野　守栄

昭和十六年十二月八日、大東亜戦争が勃発しました。私は当時、尋常高等小学校の初等科、五年生でした。高等科に進学し半ばにして、日立航空機株式会社の工場に動員され、工場の従業員の生命を守る為、工場西側の林の中に、人が一人か二人しゃがんで隠れる程の深さの、タコツボ掘りが日々の任務でした。

日本国土の上空を米軍機が飛来するようになり、工場からも兵隊に徴兵される人もいたようです。その為、私達はそれぞれの分野に動員され、私は鍛造部に廻されました。学校には行かず、工場へ直行して勤めていた頃でした。日時は覚えていませんが、昭和二十年、高等科卒業が間近だったと思います。

米軍艦載機が襲来、工場は爆撃され、その付近は機銃掃射を受けました。軍人を含む多くの死者、怪我人がでた惨事でした。

当時は無かった東大和駅から、西方イトーヨーカ堂付近まで、現在の桜街道北添の国有地に兵舎があったような記憶があり、テントなど張って、そこに死者、怪我人が収容されていました。

私は空襲警報が鳴ると同時に逃げ出しました。途中襲われましたが、畠の中に俯せをしました。幸いにして弾丸ははずれ、少し離れた所の土が直線上に次々と跳ね上がるさまを見ました。

15歳

異様に赤黒い大きな空　武本　美奈子

初めて食べた和菓子　竹内　満枝

学徒動員　関　節子

海軍兵学校は解散　高橋　磐郎

異様に赤黒い大きな空

武本　美奈子

その日、セーラー服にモンペ、決められていた三つ編みの髪の私たちは、校庭に集合後、とぎれがちな天皇陛下の声をラジオで聴いた。戦争が終わったらしいとヒソヒソ話し合った記憶がある。後世の子供達に語り継ぐ教訓など出来るはずもない少女にも、戦中、戦後の生きざまを伝える義務があるかもしれない。

瀬戸内海に面した長閑な街、岡山でも空襲により、一夜にして焼け野が原と化した被害を受けた。私の家は烏城の下を流れる旭川近くの石垣の上にあったのが幸いして、焼失を免れた。その後も川のせせらぎの中で鮎を釣るおじさんも居て、申し訳ないとさえ思っていた。見知らぬ大勢の人が避難してきた時には、母は乏しい米に何か混ぜた精一杯のおにぎりを差し出したり、宿としても受け入れた。

しかしその母は、今で言う町内会の行う「竹やり訓練」には頑として出向かず、「あんなもので人は殺せない」と言っていた。空襲警報と同時に、皆防空壕へと身を隠すことを常としていたにも拘わらず、座敷で平然としていた明治の女であった。が、突然立ち上がり、焼け跡の熱い土を踏み、死骸の焼ける臭いを越え、一時間ほどの道程の中で、祖父母を小学校で見つけて、夜遅くよれよれになって帰ってきたこともあった。

その頃、主人の父母にも悲惨な出来事があった。学校一の秀才とまで言われていた長男を戦場に送り、シベリアからソロモンへと移動したことは手紙で知らされていた。弟である主人は必死に従軍していた隊や役所を廻り、遂に千葉方面で兄の最後の病魔等を知ることとなった。遺族であると言い張っても容易に写しとることが難しかったと聞かされた。裏側に軍の字の入った、今や黄ばんだ用紙に写したものを、義父は達筆に書き直し、今は仏壇の引き出しに納まっている。義兄の友人が持ってきてくださった白い小さな箱の中には、石が一つきりだったが、納骨して武本家の終戦に至った。義父も義母も涙はなかった。どんなに悲しかったかと思う。

一方、私の父は当時上海に単身赴任中で、気ままな生活をしていた中の終戦となり、リュックサック一つで岡山駅へ降りてきた。必要な品だけが許された荷物の底に、私への土産、「振り袖の着物」一枚が、不器用に縫い付けられていた。

戦時中は食料として多少の配給はあったものの、各家庭でのやりくりで、庭を畑にする人、わが家で言えば、釣りのおじさんから魚をもらったり、ある時は大きな肉の塊が出てきて驚いたり、思いがけず友達が自転車で野菜を持ってきてくれ、私は呑気なものであったが、母のタンスは見事に空しくなっていたことを暫くして知った。

戦後の日本は日を追う毎に変わっていった。

アメリカ軍のジープが走り廻り、口笛、ガム、子供達へのチョコレート配り、アメリカの軍人と手を組む女性、母は私に外出しないようにと言った。そのような中でも日本人は強かった。近所の何でもないようなおじさんが、駅前に出来た闇市で大成功したり、石鹸を創りだした人もいた。同時に、外国映画や、スウィングジャズによって、女性のスカートもゆれていった。

日本は小国であるが強く、日本人は優れた人種であると教えられた人間が、今、子供達に何を伝えればよいのかと迷う。けれど、事実は語らなければならないと思う。

この目で見た隣県広島が、ある夜異様に赤黒い大きな空となって押し寄せてきたこと。それが原子爆弾であった。一木一草まで焼きつくされ、人間の皮膚が焼け爛れたままめくられている。水を求める人、叫ぶ声、誰も何も出来ない。戦争で得る何物もない。焼けた野原に一人、死んでいる妹を背負って立つ少年の写真に見入った。その後、あの少年はどんな人生を歩んでいるのだろう。平和は、やってくるものではない。考え方や生き方の、理《ことわり》を学ぶ道は、自らが会得してこそ、輝かしい未来へと続く。と、おばあちゃんは思う。願う。心から。

初めて食べた和菓子

竹内　満枝

昭和五年二月、北海道北見に生まれました。

高等科二年に卒業して、旧国鉄管理部に給仕職で就職しました。会計課でした。

一年後、現場の客貨車部に移転になり、会計の仕事をしました。そしてまた一年後、敗戦になり、男の職員が復職しましたので、私は退職することにしました。その後しばらくして、北見に二つあったデパートの一つに勤めました。家具部でした。

その頃洋画がはやっていて、デパートの二階に洋画館ができました。私は、顔で入れていただき、たくさんの洋画を見ることができました。その頃のデパートには暖房などなく、私はスカートにストッキングだけでした。若かったからか、火鉢の火だけでも寒かったとは思いませんでした。

その時の思い出の一つですが、それは初めて食べた和菓子のことです。女子社員何人かが、社長に連れられて小樽の百貨店に行ったのです。その時に、見たこともないきれいな和菓子が出されたのです。今も思い出すお菓子です。宿は、定山渓温泉でした。若かった頃の、楽しい思い出がいろいろ思い浮かびます。

現在、私には息子と娘がいます。息子はあまり来ませんが、娘は一ヶ月に一回は必ず来てくれます。映画に行ったり、食事に行ったり、旅行にも連れて行ってくれます。今年は鵜の岬に行く予定です。費用は私持ちですが、娘がいてよかったなあと思います。

今、私はどこも悪いところはなく、元気でいられることに感謝しています。近くに浅香医院があって、美吉屋で買い物もできます。バス停も近くにあり、本当にありがたいことです。

週に二回、デイサービスに行って、皆と楽しく暮らしています。八十七歳になりますが、もうこれ以上生きたいとは思いませんが、運命に任せる以外ありません。

浅香先生にはこれからもお世話になりますが、どうか宜しくお願い申し上げます。

学徒動員

関　節子

昭和五年一月八日、九州の福岡、味坂村で生まれました。

地平線一面、田んぼの農家で、近くに福岡太刀洗飛行場がありました。

十五歳の時、空襲で、家族は防空壕に入っていましたが、私は、どこで死んでも同じと
言って、家の中で寝ていました。

目の前でＢ29も見ました。

かぞえで十六歳の時、学徒動員で、35ミリの機銃弾を作りにいっていました。マスクを
して、溶接や修理もしました。

かぞえの十七歳で、終戦を迎えたのです。

海軍兵学校は解散

高橋　磐郎

私の父は海軍の軍人で、四人の男の子（私はその末子）たちは皆海軍に行くことに決められていたような状況でした。

私も海軍兵学校にいた時終戦になりましたが、江田島でなく山口県の防府の分校にいたのです。玉音放送は無論聞いたのですが、音声が全くわからず、あとで教官からの説明を聞いて、「戦争は終わった。海軍兵学校は解散になる。皆は家に帰りなさい」ということでした。

しかし、終戦当時の列車の運行は全く無秩序で、とにかく東の方へ行く列車に乗ればよいだろうということで、無蓋車の貨物列車に飛び乗ったのです。どこで止まり、いつ発車するかなど、全く予測できませんし、どこへ行くかもわからないので、とにかく東京方面に行きそうな列車に飛び乗ったというわけです。無論キップなどない無賃乗車です。おそらく私と同じような気持ちで乗りこんできた人が、まわりにいっぱいいいました。中には日本刀をふりまわして、何か叫んでいる恐ろしい人もいました。

そんなことより、一番困ったのはトイレでした。何かの拍子で、ちょっと止まったときを見計らって、飛び降りてするのですが、その間に発車してしまったら万事休すですから、それはそれは大変な緊張感のもとでのすばやい対応が必要なのです。

当時私の家は東京の目黒の大岡山というところにありました。父が戦病で沼津の疎開先で療養生活をしていました。父は第三艦隊の司令長官で、インドシナ海域でオランダの艦隊と戦って勝利し、凱旋したのですが、その後結核におかされて海軍病院に入院した後、沼津で療養していたのです。

貨物列車では無論なんのアナウンスもありませんが、通過する駅の標識はよく見えますから、沼津に着くのを今か今かと待っていました。何十時間乗ったか見当もつきませんでしたが、とにかく沼津に着いたので、飛び降りてあたりを見わたすと、一面の焼け野原。私の家は、海岸近くにあったので無事。なんとか父母のもとに帰りつきました。

ところが、驚いたことに特攻隊になっていた次男の兄が家に帰っていたのです。特攻隊でまず助からないだろうと思っていた兄が、一番早く帰宅していたとは信じられないことでした。その後、江田島の兵学校にいた三男もかえってきたのです。

その後、沼津では食料自給のために釣りをしたり、近くに農家も多かったので、買い出しをしたりしていましたが、とにかく東京に戻って勉強しなければと、東京の家に兄弟三人で戻り、八中（今の小山台高校）に復帰しました。家の庭が広かったので、そこに粟や稗《ひえ》を植えて食料の足しにしました。

東京では受験勉強に集中していましたが、疎開先の沼津に近い静岡高校（今の静岡大）を受けることにして、無事合格しました。

しかし私の高校入試の前の晩、父が亡くなりました。

実は父には戦犯のうわさもあったのですが、当時の海軍大臣嶋田さんが、責任はすべて自分にあると言い切って、巣鴨刑務所に入りました。捕虜虐待などは別ですが、海軍では彼以外殆ど戦犯にはならなかったようです。

17歳

たたみ一枚あたり十三発の焼夷弾　　木下　新一

坊主刈りにされ軍服を着て男装　　大竹　サダ子

たたみ一枚あたり十三発の焼夷弾

木下　新一

㈠　どこで終戦をむかえたのか

兵庫県西宮市に住んでいた私達は、昭和二十年八月五日夜の阪神大空襲で焼け出され、十日間の防空壕生活の後、十四日に西宮市から汽車に乗り、十五日正午過ぎに山陽本線から日豊線に乗り換えて、大分県國東半島の母方の祖父宅へ向かっていた。門司駅にて下車したところ、騒然とした乗客の一人から「いま天皇陛下の終戦の御詔勅が放送された。戦争は終わったよ。」と聞かされた。私達（父、私、妹の三人）は玉音放送は聞かず、そのまま急ぎ足で混雑する日豊線に乗り換えた。結局三人は現在に至るまで終戦の玉音放送は聞いていていない。

㈡　なぜ門司海峡なのか

昭和二十年八月五日夜から六日早朝にかけての阪神大空襲は、私達の住んでいた西宮市、甲子園高汐町ほか近隣の町をすべて焼き尽くし、六日夜から防空壕生活が始まった。被災から十日間は汽車賃が無料という特権があったので、十四日に省線西宮駅から汽車に乗り九州へ向けて出発。汽車は勿論満員で窓から乗車する有様。翌朝広島駅手前で停車。爆弾投下直後の広島駅を徒歩で通過、父と妹は老人と女性ということでトラックで次の駅まで運ばれた。広島駅では道の両側にすのこが並べられ、中をのぞき見ないで歩くよう兵隊が指示をしていた。しかし原爆による広島市全滅の惨状はのぞき見ることが出来て、その物凄さに唖然としたのを覚えている。次の駅で迎えの汽車に乗り、十五日の昼過ぎに門司駅に到着。終戦の事実を知らされ、日豊線に乗り換えて中津駅で下車。十五日は中津市の旅館で一泊、翌十六日宇佐駅で下車、軽便鉄道で豊後高田駅まで行き、バスで國東半島の海岸沿いに一時間、三浦村で下車して祖父宅に辿り着いた。

約一年前に祖父宅に疎開させていた母は涙を流して生存を喜んでくれた。この日から、片田舎での戦後生活が始まった。

㈢　戦前、戦中、戦後の生活について

下関商業卒業後、蘭領東印度貿易株式会社に勤務してインドネシアに駐在していた父は、大正十二年頃会社の倒産により帰国。結婚して甲子園に住みつき、大阪中之島でインドネシア向け個人貿易会社を経営していた。大正十五年姉、昭和二年私、昭和四年妹が生まれ、

所謂中産階級の五人家族で幸せな生活を営んでいた。昭和六年満州事変、昭和十二年支那事変から日中戦争、昭和十六年太平洋戦争と、次々に戦争に突入し、所謂普通の生活は私から見て昭和二年から五年までの四年間、後はすべて戦時下の生活。昭和二十年の敗戦後は、戦後の生活が十五年間位は続いたと言っても良いだろう。

戦時下の生活、戦後の生活の特徴は程度の差こそあれ、物資の不足と、軍部、警察による強力な統制の二点に集約されると思う。そこで、以下この二点について述べてみたい。

㋑物資の不足問題について

我が国は本来資源の少ない国で、生活物資についても大幅な輸入に頼っていたところから、戦争によって物資の不足は顕著となった。特に生活に必要な主食（米、麦、小麦粉等）及び衣料については配給制度が実施され、食料切符、衣料切符が交付された。これ等は切符がなければ購入できず、しかも主食については砂糖が主食の一部として配給されたことも度々あった。十分な量は配給されないので所謂「買い出し」がはやった。主として一家の主婦が、特に女物の衣料などを田舎の農家に持参し、さつま芋や小麦粉等と物々交換して、大きなリュックサックに詰め持ち帰ったものだ。運が悪いと途中で警察につかまり、没収されることもよくあったようだ。勿論「買い出し」は違法で、当時違法行為に手を出さず、配給だけで生活していた学者が栄養失調で命を落とすという話もあったほど、配給制度はギリギリの少ない量だったと思う。

工業製品も輸入に頼らざるを得ないため、戦争による輸入取引の停止で、たとえば皮製品も牛革から馬皮へさらに豚皮へと品質が低下、金属製品も買えなくなるのは勿論、家庭で使用中の品を供出といった形で、国に吸い上げられるのが極当たり前となった。

戦争が深みにはまるにつれて物資不足もより深刻化したが、戦時下の生活に馴れた私達にとってはそんなに苦痛だった記憶はない。

昭和十六年、私が中学二年生の時に太平洋戦争に突入。中学四年生になって学徒動員令が出され、神戸の川崎重工業で旋盤工として働かされた。昭和十九年夏に陸軍経理学校予科に合格、九月末に東京小平市の学校に出頭したが、入校時の検診で急性腎臓炎のために一年入校延期となり自宅に戻った。私は陸経の自宅療養生徒として学校にも工場にも行かず、一日置きに上甲子園の病院まで徒歩で通って療養を続けていた。妹は女学校から軍需工場に動員され、女子工員として尼崎の住友金属で風船爆弾作りをやらされていた。姉は兼松の商社員と結婚し、上海市で暮らしていた。母は実家のある大分県國東半島の海沿いの三浦村に疎開させ、祖父母の小規模な百姓を手伝っていた。父は個人貿易商の仕事が出来なくなり、友人の会社を手伝っていた。このような状況の下でも、私達は「戦争には必ず勝つ」と信じていた。そして昭和二十年八月五日がやって来る。あの焼夷弾による大空襲には、いま思い出してもゾッとする。たたみ一枚あたり十三発の焼夷弾が落ちたと言われていたほど物凄いものだった。我が家は丸焼け。十日間防空壕暮らしの後、八月十四日に西宮市を出発して九州へ向かったのである。

こうして八月十六日から、大分県での戦後の暮らしが始まった。祖父の百姓は年間五、六俵の米を供出する程度のものであったが、私達が同居しても食糧不足ということはなかった。その意味では私達の戦後生活は恵まれていたと言えよう。

田舎暮らしも満更ではないと考えるようになった私は、陸経との連絡がとれなくなったのを契機に百姓をやっていこうと考え、母校灘中学の先生や友人にも相談したところ猛反対され、熊本の五高を受験することに決めた。翌昭和二十一年三月に五高を受験、米占領軍の命令で「軍関係の学校にいた学生達の入校は全体の一割に制限する」といった規制が出たりして合格発表が夏までずれ込んだが、幸いにも文科甲類に合格できた。しかし熊本での食糧事情はきびしく、寮での食事の中心はさつま芋でそれも十分食べさせてくれることはなかった。入学後一ヶ月位たった生徒会で「食糧難のため一ヶ月程度の連続休暇の取得」が可決されるなど、地方の都市でも食糧難のきびしさは変わらなかった。二学年になって下宿生活に切り替え、いくらかきびしさがゆるくなった記憶がある。三年の卒業と同時に東大へ入学し千葉での寮生活が始まったが、配給制度はそのまま持続し、食事には苦労をしたものだ。幸いにも寮の近くに父の友人が住んでいて中学生の娘の家庭教師を頼まれ、週に三回夕飯付きで通っていたため三年間の寮生活もずいぶん分と助かった。

昭和二十七年三月に大学を卒業。東京銀行に奉職したが配給制度は相変わらず続き、外で気軽に食事が出来る環境ではなかった。しかも下宿生活が始まり食事付きではなかったため、昼食は銀行で食べたものの、朝食と夕食は外ですませたのでずい分不自由を感じていた。昭和三十年に結婚したが、主食の配給制度はいまだ続いていたと思う。

その後、子供が二人生まれて、昭和三十七年三月にニューヨーク支店に転勤を命ぜられ赴任した。そこで生活がすっかり近代化したと言えるだろう。配給制度も恐らくこの年度辺りで終結したのではなかろうか。生活自体が昔に戻ったと、実感したのもこの頃であったと思う。

㋺当局、軍部、警察力による強力な統制について

戦時下の生活に於いては前述の物資の不足が大問題ではあったが、私達青年にとっては当局、軍部、警察力による強力な統制力の方が、むしろやり切れぬ精神的苦痛であったように思う。本来警察は犯罪の取り締まりと防止のために存在するが、戦時下にあっては国民の意思を戦争遂行へとまとめ上げるために有形無形の統制力の行使が求められ、この面が軍部の最重要な仕事となったものと思われる。私が中学に入学した昭和十五年頃からこの統制がきびしくなり、太平洋戦争が始まった昭和十六年以降は、目に見えて軍部の統制がきびしくなったように思う。

当時、中学には配属将校が一、二名駐在していたが、私達の中学には三名の将校が配され、私達青年の行動が「戦争の遂行に十分資するよう」と、目を光らせていたのが思い出される。軍部による統制は学内だけではなく学外にも及び、他の中学生をもその監視下に置くほどになった。男子学生だけではなく女子学生をも指導することが度々あった。

私達は中学生ともなると、映画を見に行ったり集団で盛り場に出掛けたりするようになるが、警察による指導は軍部の強力な統制力をバックにして、若者の行動をきびしく監視するのが当たり前になった。友人が軍関係の学校に入学するのを駅前に多勢で校歌を歌って送り出す時でさえも、軍人や警官が駆けつけ静寂にするよう注意の上、場合によっては「逮捕する」と言っておどしたりすることまであった。

戦争が深まるに連れて本土への米軍機の来襲も数を増し、各地で空襲に見舞われるようになると、軍当局による統制もきびしさを増し、警察と相俟って我々国民、特に青年への指導も強力度を増し、夜の燈火管制もやかましくなった。昭和二十年三月になると米軍の空襲も烈しくなり、各地で大きな被害が出るようになった。猛烈な空襲による被害には警察の力だけでは間に合わず、軍部による強力な防空体制が敷かれたが、八月になって広島、長崎と相次いで原爆が投下され、そして八月十五日の終戦がやって来た。私は大分県の片田舎でしばらく百姓をして、熊本の五高に入校した。戦後の統制は軍部から全面的に警察の手に移ったが、戦時下の軍部の指導で力をつけた警察は結構強い統制力を持っていたように思う。もっとも住んでいた片田舎ではのんびりした警官が一人駐在するのみで、普段の取り締まりがきびしいという感覚はなかった。片田舎からバスで一時間かけて軽便鉄道の豊後高田駅まで出掛けて、初めて戦後の警察の統制に接したような訳であった。豊後高田駅は日豊本線の支線の始発駅に当たり、都会から主食の買い出しに来ていた人々が米や小麦粉などを大きなリュックサックに詰めて汽車に乗る駅であったため、地元の経済警察が駅で主食の買い出しを監視していた。汽車に乗る前に大きな荷物の持ち主は近くの警察署まで連行され、「買い出し先の農家の名前を白状しない」という理由で主食を取り上げられ、なぐられて顔のはれ上がる人が多数いたのが痛ましい限りであった。私も熊本の五高に行く時は豊後高田駅から汽車に乗り、下関まで行って姉の嫁ぎ先に米や餅などを届けて熊本に行くのが常であったので、結構多くの米、小麦粉、餅などの主食を大きなリュックサックに詰め込んでいた。そのため警察に連行されることがよくあったが、熊本で勉強するためにかなりの主食を持って行く必要がある事を強調、更には警察署に親戚がいたため大目に見てもらい、見逃してもらっていたのは幸いだった。

門司港駅では下関の姉の嫁ぎ先まで連絡船に乗るのだが、そこでも主食の検査がうるさくよく調べられたが、ここでもうまく説明して警官と仲良くなり、いつも見逃してもらっていたのは今考えても運が良かったと思っている。

熊本での五高の三年間は警察の統制に直接関与しなかったためか、警察の注意を受けた記憶はない。熊本での三年間の勉強の後、東京大学に進学したが、警察の統制は思想問題については特にきびしかったように思う。

昭和二十七年に銀行に奉職してからは仕事が毎日多忙で夜も残業が続き、休日はその名の通り身体を休める日となってしまった。

昭和二十七年三月にニューヨーク支店に転勤、日本のアメリカ化も早いテンポで進んでいった。やがては日本人そのもののアメリカ的自由主義が巾をきかせるようになり、警察の統制力も良きにつけ悪しきにつけ、かなり後退していったように感じることが多くなった。

坊主刈りにされ軍服を着て男装

大竹　サダ子

昭和二十年八月十五日、当時私は旅順師範学校二年に在学し、戦時で、在満の小学校で出征する教員が多く、九月の繰り上げ卒業ということで、赴任先も決まっていた。私は奉天市の女学校から、教員志望で旅順の師範学校の寄宿舎に入っていたのだった。父母と妹と弟は、前年内地に帰国し、父親は東京の支社に勤めていた。今更、東京の空襲只中の支社に行くとは…という声もあったが、満州での生活になじめず、床につきがちな母親の希望を叶えることでもあった。父親は満州に出張してくる度に旅順まで面会に来てくれ、終戦の五ヶ月前には、「もう船の安全が保てないから面会は最後になるだろう。お前は卒業して自活してゆけるから、一人で生活できるだろう」と、学務課に卒業までの授業料を払い込んでくれ、私にも幾らかの小遣いを渡していった。大きな梨を一個「鳥取の名産だ」と渡されたのも忘れられない思い出だ。

八月十五日、終戦。ソ連軍が戦を布告したのは八月九日だった。南下したソ連軍は二十二日に旅順に入ってきた。女子生徒は安全な旅順工科大学の中の寮に、一時避難した。十日程して、やっとゲペウと称する憲兵隊が来て、治安が良くなった。しかし、二十四日は、学校に接収の目的で軍使が来た。講堂のピアノ、応接室の椅子、テーブルをどんどん運び出した。その揚げ句、三十分以内に校舎を明け渡せという事態になった。

地元の旅順、大連から入学の生徒は、寮に留まることになった。迎えを待つためであった。問題は満鉄沿線、奥地の者、北支方面や、内地からの単身入学者だった。女子部長の尽力で、水師営陸軍病院に七十余名はおいてもらえるようになった。しかし、誰が引率責任者になるか、結局、女子教官の五人が同行することになった。まわりの人に捕虜になるようなものだと、忠告する人も居たという。翌日から作業がはじまった。炊事の手伝い、大豆の収穫、切り干し大根づくり。ソ連兵が病院に来るから、女子生徒は目立つと言われ、坊主刈りにされ軍服を着て、男装になった。通訳の日本兵は、「無条件降伏ですからな。しかたない」と言う始末だ。

十月二十二日、病院は移動することになった。この日、師範生は出発を許されなかった。二十四日、やっと一行はついて行くことを許された。二十六日に海城に着いた。徒歩数キロの兵舎に向かった。そこは今は日本人俘虜収容所になっていた。私たちも捕虜になったのだ。

ここで、女子教官の吉原先生の活躍が始まった。毎晩遅くまで沿線の父兄宛てに手紙を書き、駅からここまでの、記憶していた地図も添えた。そして、外出する将校に託し、海城駅の日本人の満鉄従業員に渡してもらった。幸いなことに、大多数の手紙は何日かの後、それぞれに届いたのだった。その頃、シベリア送りになるという噂が立ち、防寒外套のほか、靴、靴下、帽子なども支給された。女子は女工か慰安婦になる、という噂も立ってきた。二週間が過ぎた十一月九日未明、暗い兵舎の中に、一人の老人風に身をやつした人が入ってきた。待ちに待った、生徒を迎えに来た父兄の一人だった。一夜を高粱畑で明かし、歩哨の交換の隙を見すまして、もぐり込んで来たという。

「ここにくるまでは清子を連れて帰る、それだけを考えていたが考え違いでした。生徒全員を救い出すことが出来なければ、とても帰れません。それまでは、娘をも一緒に置いておいて下さい。」三井さんはそう言ったという。

三井さんの真心は、病院長の心を動かし、生徒六十余名は救い出されることになった。高粱食の中毒による急性下痢患者で、至急入院する必要あり、という診断で、ソ連司令部の許可を得て、海城病院に送られることになったのだ。生徒達は衛門を突破するまでは病人で、顔を伏せ、そこを過ぎると笑顔いっぱいになった。それから二日後、残りの四十数名も海城の東部官舎に移ることになり、たばこ巻き、炭焼き、食料運搬、一部は東部官舎にいる邦人の子弟百人ばかりの教室の仕事となった。

官舎に行ってからは、奉天、新京からと、生徒の父兄が迎えに来た。それぞれ、道中の苦労はひと通りではなかったという。

冬を迎え、街はソ連軍から八路軍に代わった。年が明けて、引き上げが近いというわさも耳に入るようになった。先生は、生徒が父兄と帰って行く時残していった荷物を売って、少しずつお八つに替えて、生徒に分けて下さったりした。所持金の少ない生徒には、一人二百五十円ずつ分配してくれた。これは内地に帰り、出身地までの旅費として、本当にありがたかった。

昭和二十一年五月十九日、いよいよ引き揚げることになった。例により荷物検査があり、めぼしい物は抜きとられる。見ているしかない。

五月二十日、奉天着。十日間、日僑俘虜収容所に居ることになった。私の女学校時代を過ごした家の近くである。女学校時代の友人が、何人も会いに来てくれた。嬉しかった。父母や弟妹が帰国してしまった今、友人が居候をさせてくれたとしても、苦労をしたのでは、と考えたりした。十日後、ようやくコロ島から信濃丸に乗ることが出来た。

六月十四日、博多港に上陸。日本の土が踏めた。千葉県に帰る中村中尉さんの側から離れないよう混み合う列車でがんばって、ついに父母の待つ千葉の駅前に立てたのだった。

駅前の自転車屋さんが事情を聞くと、家まで連絡に走ってくれ、父親が迎えに来た。

家に帰ると、私のためにバケツいっぱいのどじょうが泳いでいた。

19歳

少年飛行学校に就職　五十嵐　さわ

少年飛行学校に就職

五十嵐　さわ

私は昭和十七年十一月から、少年飛行兵学校に就職いたしました。医務室の所にある心理学部に入所しました。そこの生徒五〇〇人ずつぐらい入れる講堂で、クレペリンと適性検査を、中尉の人と勤務の三人で用紙を配り、一分ごとのクレペリンをしていただき、それを集めて採点をしました。それをグラフにしていきます。同じ点数の人が何人いるか、グラフにし、確認していく仕事でした。

とても楽しく、又、生徒の心理の様子がわかるので、心も何となくうれしさと楽しさに満ちて、喜びも返ってきました。私にとりまして、その繰り返しがとても楽しい日々でした。又、適性検査もありました。生徒の心の中も少しわかってきました。希望にあふれている様子は、弟達を見る気持ちもありまして、本当に楽しい日々でした。

しかし、敵機が数機、私達の頭の上に爆弾を落としていきました。八千メートルぐらいの高さから落としていきました。その爆弾は少し離れている日立工場に、私達より先に落ちました。日立工場は火の海のようになりました。頭の上で落とされた爆弾は、五〇〇メートルも先の日立工場でした。私達の頭の上で落とされたので、無事に通り越したのです。私は神様に守られたのだと思いました。そして大きな病気にもかからないで、このように元気でいられて、本当にありがたいと思います。ご先祖様に感謝して、生んでもらったことに少しでもお返しができるように心がけていきたいものです。病気には気をつけていけたら良いと思っていますが、どんなことがあるか、先のことは分かりません。できましたら、自分のことは自分でできるように、手足を痛めないように心がけていきたいと思い、もう何年か生かしてほしいです。

自分で動けるように、心を持っていたいですね。まだまだ、することがあります。これからも毎日のことは、続けるつもりです。いつまで続きますか、私にもわかりません。少しでも人様にもしてあげたいし、自分のことも自分でしたいと思います。いつまでも。

20歳

云うなかれ　君よ別れを

谷脇　修三

云うなかれ　君よ別れを

谷脇　修二

終戦間近い時期に、私は海軍省の艦政本部第二部の魚雷班というところで、人間魚雷回天（長さ16ｍ30㎝、直径1ｍ30㎝、爆薬1ｔ８００㎏）、一人乗りの魚雷を操縦してそのまま敵艦に突入する、その兵器を設計する工員でした。

この兵器で死んでゆく人を思うと、とてもつらかったです。その魚雷の弾頭（ダイヤモンドの次に硬い鋼鉄でできた当時の最新技術）を、呉の海軍工廠まで運ぶよう命令され、笠井君と二人で夜行列車に乗っていきました。

ちょうど軍港に戦艦大和が入っていて、その横の道、わずか10ｍか20ｍのそばから、これが戦艦大和なのだとしみじみと眺めながら、重い弾頭を運びました。砲台がぼこぼこと丸く積み重なったことぐらいの印象を覚えています。戦艦大和の海側の方は、ムシロで隠されていました。ミカンが美味しかったので、昭和十九年の冬のことだと思います。

その頃から、空襲も焼夷弾から爆弾に代わり、爆撃も夜から昼間までになっていました。

一番恐ろしい思いをしたのは、昼間の爆弾でした。或る日、サイレンの鳴り出す間もなく、ルルルと落下する不気味な音がして、思わず耳と目をふさいで臥していたら、八階建てのビルが震度三か四くらいに揺れだしました。ドドンと音のした方を見ると、日比谷公会堂の横に土煙が上がり、ビルのはるか上まで飛び散っているのが見えました。

空襲が終わってから見に行くと、四、五十メートルすりばち状の大きな穴が空いていました。その足で、有楽町から銀座の方へ行ってみますと、銀座四丁目の交差点にも大きな穴が空いていました。都電の線路はぐにゃぐにゃになり、穴を覗くと地下鉄のプラットホームが見えました。

戦争が後三ヶ月も続いていたら、こうして生きておられなかったと思います。

終戦になって復員する際、横浜から東京までの間は、ずっと焼け野原で、駅という駅はプラットホームがあるだけでした。大森辺りは、海まで見えました。列車は満員で、天井まで人と荷物でいっぱいでした。

あの三月十日の空襲の時、天皇陛下が焼け跡を見舞われていた写真が新聞に載り、その記事を沖縄に学徒出陣していた兄に送りました。

その返事が、沖縄で戦死した兄からの最後の手紙になりました。

死を前にして、誰かの詩を自分の心として、私に伝えたかったものと思っています。何十年を経ても、心の奥にしみております。

云うなかれ　君よ別れを
世の常を　また生き死にを
海原の　はるけき果てに
今やはた　何をか云わん
熱き血を　捧げる者の
大いなる　胸をたたけよ
満月を　杯に砕きて
しばしただ　酔いて勢えよ
我がゆくは　バタビヤのまち
君はよく　バンドンを突け
云うなかれ　君よ別れを
何時の世か　また共に見ん
見よ空と　水打つところ
黙々と　雲は行く
雲は行けるを

私は山陰の山の中の農家に生まれ、原始時代のような生活をしていました。村の少年団では軍隊式で兵隊ごっこや、神社の掃除とか、年上の人の命令で動きました。

小学校では、一年生の国語で「ススメ　ススメ　ヘイタイ　ススメ、ヒノマルノハタバンザイ」といった軍国調を学び、日本は神国だとか、教育も国のため、天皇陛下のために命を捧げるものだと信じ込まされていました。

さて、終戦の年の五月に、私は同じ兵隊に入るなら上級に少しでも早くなれる海軍整備予備練習生を受けましたところ、海軍特別幹部練習生の方から合格通知が来まして、横須賀海兵団長井分団に入隊しました。入った時から兵曹でしたが、全くの新兵教育でした。

一ヶ月後、十六名の班の中から、二人選ばれて高角砲の練習生となりました。鎌倉と逗子の間にトンネルがありますが、その山の上に要塞があり、水力発電所とか、電波探知機とか、彩照灯などがありました。敵機が来れば、弾丸の早さを即座に計算して高角砲に電流で知らせ、砲には時計と同じように動く針があり、それに合わせて操縦すれば命中する仕組みでした。大きな電柱を二本並べたような大砲に電源を入れて動かすと、上下左右に軽々と回り、木や草がざわざわとなびき、びっくりしました。砲弾の重さ30kg、一万メートル飛ぶ、12メートル7cmの二連装高角砲、それを操縦する訓練でした。

教官は、船が沈没して生き残ったポパイのような、バリバリの下士官でした。ある時は、誰か一人がミスをしただけで、「班全員が逗子の海に降りて、顔を洗って戻ってこい。ビリの奴はもう一度だ」と、命令されました。誰しもビリになりたくないので、必死に駆け下りました。下りる時は道のない熊笹の繁った雑木林の急斜面を我先に駆け下り、ひたすら滑り台を滑るように下りましたが、上りは本当に大変でした。山の高さは100メートル前後でしょうが、あの辛さは一生忘れられません。またある時は「集合」という掛け声がかかり、私は五、六番位で早く着いたところ、送れてきた者を並ばせて、順々に殴れという命令でした。殴っていたら、「おい、こうして殴るんだ」と、西部劇のように殴られ、唇が切れて二メートル位吹っ飛んでしまいました。

昨今、北朝鮮とか、イスラム国とか、いろいろと非道なことが報じられていますが、戦前の日本は、同じように悪いことをしていました。中国に出兵していた義理の兄の話を聞きましたが、新兵教育で、生きている捕虜を縛りつけて、銃剣で突き殺す訓練をしたそうです。まだまだ、いろいろと書きたいことが、あまりにも惨いことで、書けません。

私の生まれる前の日本という国は、日清戦争に勝ち、日露戦争にも勝ち、世界のリーダーになるのだ、といった欲望で突き進んでいたように思われます。政治をする人はもっと謙虚に、大自然宇宙の真理に沿った、無欲で愛に満ちた和の方向に導いてくださることを祈って、終わりにします。

おわりに

戦後75年、この間、一度も戦争になることがなく、平和に過ごせたことに無上の喜びを感じています。

この平和な時間は、私たち高齢者が自分たちのような経験をそれ以後の世代には味合わせたくない、と頑張ってきたからではないかと思います。

戦争とか平和とかを意識するかしないか、そういうことの議論の前に、戦争中に子どもであった人間には、あの時代に対する生理的な拒否感が芽生えていたという感じがしてならないのです。だから自然に心身が戦争よりは平和の方を選んできた、その結果としての平和であったのだと。

最近、この平和が見せかけのものになってきていることに気づき始めました。憲法改正が当たり前のように大声で叫ばれ、戦争で奪われた領土は戦争で取り戻せばよいという議員が出現したりしています。

きっちり調べてみれば、日本の陸・海・空自衛隊の装備は、世界の大国に伍して堂々の5位〜7位（調査母体の違いによる）を占めるに至っています。

仮想敵国を想定しての頻繁な軍事演習や、Jアラートによる避難訓練まで、なんと私たちの子ども時代と似通ってきたことか、鳥肌の立つ思いがいたします。

平和が骨抜きになっていて、その総仕上げが憲法の改正だ、などと言うことを、私たちは黙って見過ごすわけにはいきません。

日本を再び戦争のできる国にしてはならないと思っています。

先の戦争で３００万余の日本人が命を失いました。私たちにとって父母の世代です。生き残った私たち子どもが、戦中戦後どれほど耐え難きを耐え忍び難きを忍んで生きてきたのかを語らなければならなかった、この危機感を読み取っていただけましたでしょうか。

戦争で亡くなってしまった人々は、みずからの死について、語ることも嘆くことも訴えることもできません。

唯一、その世代で戦中戦後を生き抜くことのできた私たちに、語ること、嘆くこと、訴えることが託されていると強く感じています。

しかし、私たちの世代も老いてきました。
この「おわりに」を書いている時点で、原稿を寄せていただいたお一人が幽明境を異にされ、御遺稿となってしまいました。
最後までお読みいただけた皆様、有難うございました。この記録集の出版に協力して下さった執筆者の皆さまをはじめ、遊友出版の齋藤一郎氏に、心から感謝の意を表します。

現在、生きてここに在る私たちは、
何をなすべきなのでしょうか？

浅香　須磨子

編集後記

浅香医院が、小平にあった村野書店の顧客であったこと、その村野勉君と小平第二小学校の同級生であったことが、この記憶集の作製、出版をお引き受けする契機になった。

昭和23年1月生まれ、戦争を知らず団塊の世代と呼ばれたベビーブーマーの一人が、この記憶集の原稿を手にし、読了して感じ取ったことは、敗戦時の年齢も異なり、敗戦時の居住場所も日本全国のみならず、現在は外国になってしまっている場所まで網羅されているという、この敗戦の残した爪痕の大きさであった。

戦争を体験こそしなかったが、昭和二十年代の物資の欠乏、食糧難の中で幼少期を過ごし、ひもじさの味も知らされ、もったいない精神を徹底して植えつけられ、我慢を強いられる子どもだった。その記憶がこの本の筆者たちと共有していることでもあった。

東京市街地は一面焼け野原だったが、それでも自然は残っていて、草原も小川も雑木林も畑も甦りつつあった。その畑に戻るはずだった若者たちが、復員兵となって巷に溢れ、闇市にたむろしていた。戦後に盛んだった闇市が発展した新宿の繁華街などでは、兵隊帽に全身白装束の傷痍軍人が失った手足の傷跡も生々しく、ハーモニカやアコーディオンを奏でながら物乞いする姿があった、子ども心に恐怖を感じたものである。

当然ながら、小生の父親もまた召集され、軍隊で理由もなく殴られた一人であった。所属する部隊の移動で、山口から広島を経由して岡山に入った時に、広島を覆う巨大なキノコ雲を見たという。あと一日広島を通過するのが遅れていたら、父はもちろん小生も存在してはいない。そのような戦争体験を持つ父母の子ども世代である。

軍人約230万人、民間人約100万人の日本人が命を落とし、世界では5～8000万人が犠牲になった第二次世界大戦。その一人一人に個別の戦争があった。5～8000万通りを上回る、個々の戦さが歴然と存在したのである。

しかし、戦争に加わった人の多くは、戦さから帰ってその体験をほとんど口にすることもなく人生を終える。戦争経験の伝承はあまりにも少ない。戦争勃発を防ぐことができなかった無力を恥じてなのか、砲火の飛び散る戦場に身を晒しながら被害者であると同時に加害者でもあったことを恥じてなのか、また戦場のあまりの凄惨さに記憶を封印してしまったのか、戦場で経験した憤怒、憎悪、悲哀はその場にいあわせなかった者には、とても言葉などで伝え切れないものであったと想像される。

語ることのできる人たちが年々失われていく中で、この原稿には死と背中合わせに生きた子どもたちの痛みや、飢えに翻弄された悲鳴が込められている。この悲鳴を子や孫に伝えなければならない。戦さとは何だったのか、一見平和そうに見える世の中に潜在化している戦争の匂いをえぐり出すことをしなければならない。生きた現代史を学んでもらいたい。出版に関わる一人として、是非ともこの原稿に陽の目を当てなければならないという使命感に駆られたのは必然である。

東大和の医師として地域の人々の健康を支えながら、幼い頃の戦争の記憶を書いて欲しいと、病院の受診者や同級生に原稿を依頼し、自らも書かれて、編集、タイトル、装丁と精力的に活躍された浅香須磨子先生に敬意を表する。

一人でも多くの方に、戦争に翻弄された子どもたちの生きてきた姿を見ていただきたい。

現在の平和は、まさにここに書いてくださった方々のご苦労と辛い体験の地続きであることを、どうかわかっていただきたいと思うのである。

齋藤　一郎

戦災建造物　東大和市指定文化財

旧日立航空機株式会社 立川工場変電所

昭和13(1938)年、北多摩郡大和村(現在の東大和市)に建設された軍需工場。

昭和20 (1945)年2月17日、4月19日、4月24日に受けた3回の攻撃で、工場の従業員や動員された学生、周辺の住民など100人を超える方が亡くなった。壁面にある無数の穴は、アメリカの小型戦闘機による機銃掃射やB-29爆撃機の爆弾が炸裂してできたもの。

平成5(1993)年、変電所を含む工場の敷地は、都立公園として整備、平成7(1995)年に東大和市文化財に指定されている。

浅香 須磨子

経歴

三重大学医学部卒
都立大塚病院インターン
東京大学付属病院研究生
東京大学付属病院助手（文部教官）
国立小児病院厚生技官（医師）
1979年3月10日　浅香医院開業

おぼえています、あのいくさ
語ろう、戦争の記憶を

二〇二〇年八月十五日　第一刷発行

編著……浅香 須磨子
発行者……齋藤 一郎
組版……髙橋 文也
発行所……遊友出版 株式会社
〒一〇一―〇〇六一
東京都千代田区神田三崎町二―一二―七
TEL 〇三―三二八八―一六九六
FAX 〇三―三二八八―一六九七
振替 〇〇一〇〇―四―五四一二六
http://www.yuyu-books.jp/
印刷製本……株式会社 技秀堂

ISBN 978-4-946510-60-1